〈新版〉夜明けを待ちながら

ながい夜のなかで

うっとうしい梅雨と長びくコロナ禍のなかで、この原稿を書いている。

明けない夜はない、と呟きながら、それでもさすがに、うんざりする気持ちをおさえることができない。

何十年か前、深夜のラジオ番組でしゃべっていたことがあった。『五木寛之の夜』というのが、その番組のタイトルである。

〈深夜の友は真の友――〉

というモノローグで始まるささやかなその番組は、マスコミの片隅でひっそり

〈新版〉夜明けを待ちながら

五 木 寛 之

幻冬舎文庫

と二十五年間も続いた。いまでも時どき、見知らぬ人から声をかけられたりすることがある。

「深夜の友のひとりです」

当時、アマリア・ロドリゲスがうたった『戒厳令の夜』のテーマ〈ジョー山中作曲〉のメロディーを、いまも憶えていてくれている人が少なくない。〈深夜の友〉がいるんだなあ、と、胸が熱くなるような感慨をおぼえつつ、ふとその一部を口にしたりするのだ。

この原稿を書いている現在、欧米各国ではようやく「コロナの夜」が明けつつあるらしい。しかしアジアではインドをはじめ、人びとの苦しみはまだ続いている。私たちも度重なる緊急事態宣言のもとで、無言のまま夜明けを待ち続けている現状だ。

このところ小中学生や若い女性たちの自殺が、しきりに報じられている。そういう時代に、何を語り、何を書けばいいのか。私にはその言葉がみつからないいま、ずっと鬱積(うっせき)した日々が続いた。

夜は長い。かりにコロナが去ったとしても、人生の夜は簡単には明けないだろう。しかし、明けない夜はないのだ。そこまでどうやって生き抜くのか。今の私には、その灯りが見えない。人を励ます力強い言葉も浮かんでこない。

二十数年前に世に送った一冊の本、それは深夜に生きる友へのメッセージだった。ラジオでしゃべった言葉を文章に再現してまとめたのが『夜明けを待ちながら』というささやかな一冊である。

いま、この時期に私は〈深夜の友〉の残党として同じ時代を生きる人びとに、この本を贈りたいと思う。タイムラグはあっても、人が生きるあり方には変わりはないからだ。

夜は必ず明ける。しかし私たちはただその時を肩を落とし、目を伏せて待つだけでいいのだろうか。夜には夜の生き方がある。深夜には〈深夜の友がいる〉のだ。

明るい陽ざしのもとを、仲間と肩を並べて歩く歩き方と、ひとり夜の中を往く歩き方とはちがう。孤独は友であり、足もとは暗い。

コロナ禍が過ぎれば、夜が明けるのだろうか。いや、それほど人生は甘くはない。私たちは「夜明けを待ちながら」ただ黙々と歩き続ける旅人のようなものかもしれないのだ。

表紙カバーに描かれた古い小さなランプを掲げて、私たちは新しい夜へ向けて一歩を踏みだすことになるだろう。今回、二十数年ぶりに新版を再刊するに当たって、当時、単行本の表紙画を描きおろしてくれた有乃衣里彩氏の作品を使用したのは、その希望を託したものである。

コロナ禍が去ったあとの世界を、〈ニュー・ノーマル〉などといった口当たりのいいスローガンで語る風潮もあるが、私は信じない。夜が明けても、それでも明けない人生もある。〈深夜の友〉とは、その覚悟を無言で確かめあう仲間たちのことだ。古風な一冊の文庫から、その思いをくみとって頂ければうれしい。新らたな〈深夜の友〉に、おずおずとこの言葉を贈りたいと思う。

目次

開幕のベルにかえて

ぼくはなぜか夜が好きです。眠れないままに、いつも明け方まで起きています。そして夜が少しずつ白みはじめながらも、まだ夜明けというわけではない夜と朝の境目のような微妙な時間が、ことに好きです。それは夢と現実とが入り混った不思議な時間帯であるからかもしれません。

自由な夢の時間と、不自由な現実の生活とのあいだの、ごくみじかい一瞬を待って、夜中じゅう起きているような気もします。

そんなときに考えることは、あとで思い返すと、どこか奇妙なことが多い。どうしてあんなことを本気で考えたんだろう、と首をひねりたくなるようなことばかりです。

昼の自分と夜の自分がいて、それぞれ異なった顔をしている。でも、どちらも自分自身であることはまちがいありません。そして、その二人の自分が、いろんなことを話しあう。片方が大まじめで言ったことを、片方がせせら笑ったり、冷やかしたりします。頭から馬鹿にして、そっぽをむいてしまうこともある。しかし、やがてまたむきなおって、いつもの雑談にもどる。そしてやがて窓の外が明るくなって、奇妙な対話の時間は終わるのです。

そんなふうにして、何十年という年月をすごしてきました。これから先も、生きている限り、そんな未明(みめい)の儀式は続くのだろうと思います。

最近、いろんなかたたちから頂(いただ)く葉書やお手紙を読んでいて、あ、このことは前に自分も同じことを考えたことがあったな、と、うなずくことがしばしばあります。いま、この時代に、この場所に生きていて、同じことを考え、それにこだわっている人たちがたくさんいるということは決して不思議ではないけれども、やはり不思議な気がするのです。

この本におさめられた質問は、そんな自分にむけてぼく自身が発した質問でもあります。いわば自問自答の対話、と言っていいのかもしれません。どのテーマも、すっきりと一刀両断、見事に解決、とはいかないものばかりで、答えの出しようのない質問がほとんどです。それも当然でしょう。ぼく自身、いつまでたっても日ごと夜ごとに物の見かたが変わり、問題の受けとめかたがちがうことに苦笑しながら生きているのですから。

ぼくはきょうまで何十年も同じことを言い続け、同じエピソードを繰り返し繰り返し語ってきました。ぼくの書いたものを手にとられたことがある読者なら、どれも昔どこかで聞いた歌だ、と感じられるはずです。しかし、ひとつの歌を変わらず歌い続けてきたことを、ぼくはひそかに誇りに思っているのです。

同じ歌でも、聞く状況がちがい、年齢がちがい、時代がちがい、立場がちがえば、まったくちがう歌にきこえるはずだと信じているからです。

この本は答えを出す本ではありません。旨(うま)いやりかたや世渡りの技術を伝授する本でもありません。ぼくと同じように、夜と朝との狭間(はざま)に、ひたすら自分との対話を繰り返すような人への、目くばせの合図のようなものです。

「きみも同じことを考えてるんだな。だったら、ぼくもそのお喋(しゃべ)りの仲間に入れてくれないか」

そんな感じでまとめたのがこの本です。

夜はふけてきましたが、まだ朝の光は見えません。これからが貴重な、みじかい対話の時間のはじまりです。

では、一緒に、いろんなことを考えたり、喋ったりしてみましょう。いつかは必ずくるはずの夜明けを待ちながら。

第一夜　自殺について

ぼくは二十歳の地方に住む大学生です。今の世の中を見ていると、ぼくは生きてゆくことがばからしく思えたり、時にはいやになったりすることがあります。そんなときふっと死ぬことを考え、『完全自殺マニュアル』のページをめくります。そして気持ちがそちらのほうへ傾きかけると恐ろしくなり、あわてて五木さんの『生きるヒント』を読み返すのです。

五木さんは最近よく自殺について書かれたり発言したりされていますね。自殺はキリスト教では罪とされているそうですが、五木さん自身はどう思っておられますか。五木さんの考えを聞かせてください。

〈匿名希望の大学生より〉

「心の戦争」の果てに

自殺という問題は、この十数年来、ぼくがずっと考えつづけてきている問題で、最近では広く社会的な関心を集めているテーマです。

どうしてぼくが自殺に関心を持つようになったかというと、じつは、これは年来のテーマなのですが、『みずから死を選んだ人びと』というタイトルの本を書いてみたいというふうに思って、それで自殺のことを調べていたのです。ところが、自分が本を書くために過去の資料を調べるということから、いつのまにか、あまりにも現実の自分たちが生きているこの時代に自殺者が多いということに気がついて、過去のことではなく、今の問題として自殺を考えるようになったわけです。

一時話題になった、「クオリティー・オブ・ライフ」という言葉があります。

それは、人間が生きているという、その生きていることの内容を大切にする、という意味です。たとえば闘病生活をしている病人が、まるで地獄のようないろんな苦しみを受けながら治療を続け、入院して囚人のように管理されて暮らすというのではなく、病人も人間としての喜びとか、いきいきした自由とか、そういうものをちゃんと保ちつつ病(やまい)と闘っていけないだろうか、という考えかたです。それに対して、「クオリティー・オブ・デス」という新しい考えかたがぼくのなかで生まれてきました。つまり、人生というものを、まず生きるということから考えるだけではなくて、死ということ、人間は死ぬ、かならず死を迎えなければならないという前提で考えるのです。

小林秀雄さんが、人間というのは、おぎゃあと生まれた瞬間から死へ向かって一歩一歩歩いていく旅人のようなものだ、という内容のことを、一緒に講演旅行に行ったときに話されて、すごく新鮮に聞こえたことがあったのだけれども、本当にそのとおりだと思います。「死」ということをきちんと見据え、そこからあらためて人間の生を考えるということが大事なのではないか。いわばクオリティー・オブ・デス、「いかに死ぬか」ということを考えることが、逆に、「いかに生きるか」ということにつながるのではないか、というふうに考えるようになってきたわけですね。

そうしたなかで、人間は自然に死ぬということもある、「天寿」という言葉もある、だけど、いったい自殺とは何かということを考えると、自殺について哲学的あるいは思想的に考えるというよりも、今の現実がどうなんだという関心のほうが、ぼくには強くなったのです。

それで、いろいろと調べてみて非常に驚いたのですが、今年（平成九年）の警察庁の発表で、昨年の日本国内での自殺者の数が新聞に小さく出ていまして、これが二万四千三百九十一人でした。平成三年の頃が二万一千人台なんです。そこから徐々に増加してきて、平成七年は二万二千四百四十五人という数字が出てきており、平成八年が二万三千百四人、平成九年は二万四千人台、平成十年は二万五千人になっていくかもしれません。厚生省によれば、今や自殺は日本人の死因の第六位なのです。これは驚くべきことです。第九位が肝疾患だと聞くと、ちょっとお酒を飲みすぎて「休肝日をつくらなければ肝臓を痛めちゃう」なんて心配している人もいますが、肝臓疾患をはるかに上回る死因が自殺だというふうに聞くと、これはショックです。老衰（第七位）よりも多いのです。

年齢別に見ると、平成九年は二十五歳から二十九歳までの死因のなかでは自殺がトップで、その比率は二九パーセント（厚生省）。ということは、皆さんがたの周りの二十五歳から二十九歳までの亡くなった若者の三人に一人ちかくは、自殺だということなのです。けっして他人ごとではありません。この、爆弾も落ちない、機関銃の弾も飛んでこない、一見平和に見えて、物も豊かで、福祉もそこそこに行き届いているという時代に、一年に二万四千人もの人びとが人生の舞台をおりていく。この数字だと十年間で二十四万人、二十年間で四十八万人になります。しかもこの数字は本当の自殺者数の氷山の一角という見かたもあり、そしてさらにその数倍にも達するとも見られる未遂者の数を入れると、その数字の大きさに愕然とせざるをえません。

皆さんもご存じのＩＲＡ（アイルランド共和軍）は、北アイルランドのカトリック教徒たちがイギリスからの分離、独立を求めて、長くイギリスと争いつづけ、プロテスタント系の住民との間で紛争を繰り広げていたわけですが、これによる死者の数が、一九六〇年代後半から九〇年代までの三十年間で三千数百人と新聞に発表されています。バズーカ砲から戦車まで繰りだしての戦いで、三十年間に三千人ちょっとです。

また、政府が「交通戦争」と規定している交通事故の死亡者でさえ一年間に約一万人です。では、その二倍以上にのぼる人がみずから死を選ぶ、そのことをいったい何戦争と言えばいいのか。

私どもは平和のなかに住んでいる、平和憲法を守ろうと言っている、しかし本当に平和か。一年間に二万四千人の自殺者が出るということは平和とは言えないのです。ある意味ではこれは戦争なのです。それは心の戦争であり、「インナー・ウォー」という言葉がぴったりくるかもしれません。

自殺ということに関して、たしかに、この質問のなかにあるように自殺を罪というふうに見るキリスト教的な考えかたもあるけれど、一方でキリスト教のなかには「殉教」という思想がありますよね。殉教というのは自殺じゃないんです。おのれの信じる神の言葉に従う、そして死を恐れないというようなことが殉教なのですが、東洋とか日本とかではみずから死ぬという行為を、「自殺」というだけではなくて、たとえば「自裁」という言葉もある。みずから裁く。「自死」という言葉もあります。みずから死を選ぶ。それから封建時代の武士道のなかには、「切腹」という作法がありました。

宗教的には、たとえば真言宗の宗祖、空海は「入定」といって、五穀つまり食事の量を少しずつ制限していって、どんどん自分の体を衰弱させていき、最後は木が枯れるように涅槃に入っていく――これは死というよりも宗教的な、新たな再生というか、そういう考えなのでしょうけれど、そういう考えかたもある。それから補陀落渡海といって、今の生きている世の中があまりにもひどく、醜い、この醜い現世に生きているよりも美しい極楽浄土に憧れ、そちらに生まれるほうが幸せなんだと。そのことこそ信仰の心にかなうものだ、というふうに考えて浄土へ旅立っていこうとする、そういう自殺行というのが流行した時代もあります。

だから自殺ということが、日本や東洋では、そんなに悪としては考えられていなかったという面もあると思います。臭いものにフタじゃないけれども、縁起（えんぎ）の悪いこととか、いやなこととして自殺という行為を遠ざけていく気風は、むしろ現代のほうが強いような気がするのです。

ゴーリキーの言葉

ぼくはしかし、はっきり言って、自殺はいいとは思いません。なぜかというと、人間はほっといても死ぬのだから。人間というのはほんとに、小林さんが言うように、おぎゃあと生まれた瞬間から、それこそ「冬季オリンピックまで、あと何日」なんて電光掲示板に数字が出るのと同じように、有限の時間というものを生きるしかないわけです。生まれたときからもう首の根っこにぺたんとスタンプが押されていて、それこそ有効期限八十五年から百十年なんていう、そういう限られた人生なんですからね。

ＨＩＶのキャリアでも、生涯発病しないままに人生を終わることもありうるけれども、人間は死というものを内包して生まれてきて、そしてかならずこれはもう、発現するというか、死ななければならない存在である。

現実には、生きていくために必死で努力している人がいる、そして生きていくために、たとえば病と闘ったり生活と闘ったり、いろんな差別と闘ったりしながら、それでも自分は生きたいと心のなかで絶叫しながら、生きられない人たちもいる。そういう人たちのことをちょっと想像すると、自殺はやっぱりしないほうがいいんじゃないか、という気もぼくにはするんですよね。

しかし、それは観念論なのであって、死にたいというふうに思いつめた人には、そういう考えかたは届かないでしょう。ぼく自身もはっきり言って、自殺したい、あるいは死にたいと思ったことが二度ぐらいあります。一度は中学生の頃だったし、もう一度は三十代の半ばくらいの時期で、そのときは真剣に死の誘惑というものに駆られたことがある。だけど、そういうときに自分を支えてくれた体験があります。

ぼくは敗戦のとき旧植民地にいて、非常に大変な混乱期のなかを、なんとかかんとかこの母国に引き揚げてきて、ラッキーに生きながらえている人間なのだけれども、帰ってこれなかった人がたくさんいるのです。ぼくらの家族のなかにもいるし。そのことを考えると、その人たちの無念の死、というものを背負って自分たちが今生きている、だからその人たちのためにもやっぱり自分が生きなきゃいけないんだというような、そういう一種の責任感みたいなものを背負っている世代なのです。

しかし、そうでない今の人たちが死を考えるときには、ぼくはいつもそういうときに「こういう言葉がありますよ」と言って話す言葉があるのです。

十九世紀から二十世紀にかけてのロシアの作家で、マクシム・ゴーリキーという人がいました。自由化になってからのロシアでは、ソヴェート時代にゴーリキーがあまりに大きな存在だったために、さまざまな形で批判もされるのだけれども、そういうこととは関係なく、ゴーリキーの自伝的な小説とかエッセイとか、すごくおもしろいのです。『どん底』というお芝居を書いた人です。

ゴーリキーは子供のときからさんざん苦労しながら放浪し、そして少しずつ少しずつ物を書く生活のほうに入っていく。その言語に絶するような放浪生活のなかで、彼はピストル自殺を試みたことがあるのです。

たまたま急所をそれて彼は命をとりとめたわけだけれども、自殺を実際に試みた体験を背負った人間の言葉として、どこかでゴーリキーがこんなことを言っています。その言葉の内容だけおぼえているのですが、彼はこういうふうに言っています。

――人生というものはそんなに素晴らしいものじゃない。人生ってものはひどいものだ。もうひどいもので、しんどいもので、無残なものである、と。だけど――その「だけど」というところをよく聞かなきゃいけないんだけど――たしかに人生というものは残酷でひどいものではあるけれども、だけど、だからといってその人生を投げだしてしまうほどひどくはないよ、というようなことを言っているのです。

人生というものはたしかにひどいものだ、絶望的なものだ、と。だけど、だからといってそれを投げだしてしまうほどではないと思う、というような意味のことです。その言葉をぼくはよく話すのです。

「希望を持って生きていけば」とか、「人間は生きるべきだ」とか、「生かされている自分に気づくべきだ」とか、たしかにいろんなお説教はできます。

だけど、そういうお説教よりも、自分自身が辛酸をなめてきた生活のなかから、いやぁ、人生ってのはね、ほんとに無残なものなんだよ、と。ほんとにひどいものなんだと。不合理で残酷で、そしてなんとも言えないいやなところがある。だけど、だからといってそれを投げだしてしまうほどひどくはないよ、と。

「それほどひどかないよ」というその言いかたは、すごく消極的な言葉にも聞こえます。ぜんぜん、力強い励ましでもないし、明るい希望に満ちた場所へ人の背中を後ろから押しだしていくような勢いはありません。しかし、うつむきながらぽつんとゴーリキーが、いやぁ、人生ってのはそうなんだ、ひどいものなんだよ、だけど、だからといってそれをみずから投げだしてしまうほどじゃないよ、と言っている言葉に、何かすごい説得力というか、励まされるものを感じるときがあるんですね。

ぼくもそう思う。人間って生きててなんの意味があるんだ？　と思うこともたしかにあります。世界というものは一年一年、どんどんエントロピーのように無秩序に荒廃していく、そういう実感もある。たしかに、今ぼくが仮に十代とか二十歳ぐらいの若い青年だったら、こんな時代、生きてられねえや、と言って、それこそ犯罪に走るか、それともテロをやるか……あるいは自殺するか、何かそんなことをやらかしてしまったんじゃないかと思って恐くてしかたがない。たしかにそういう時代ではあるけれども、だからといって自分で自分の人生を放棄するほどではない、というくらいの考えで生きながらえていくほうがいいんじゃないかなという気がするんです。

生きるということは、本当はそれだけでものすごく大変なことなのです。しかも矛盾に富んだものなんです。

人間は生きるために、自分より弱い植物とか動物なんかを食物として摂取しながら自分の生命を維持しているわけだから、他の命を犠牲にして自分が生きているということを考えると、生きること自体がものすごく残酷で、なんという弱肉強食の世界なんだろうと、つくづくそれは考えます。

しかも人間というのは孤独だし、どんなに親しい仲間や優しい家族がいても、最終的にはひとりです。そういうことを考えると、この全宇宙のなかにたったひとりの人間として孤立しているという状態はものすごく不安で、何か恐ろしいものではあるけれども、とりあえず、そこであまり理屈を言わずに、人生ってのはひどいものだけど、だからといって自分でそれを投げだすほどのことじゃないよ、と言っているゴーリキーのその言葉を心にとめて、とりあえず今日一日、明日一日、というふうに生きていったほうがいいのではないでしょうか。

ぼくは自殺を否定はしないんです。だけど、自殺することがいいことだとも思わない。それは親鸞が言っているように、人間というのは、人を殺せと言われても、ただのひとりも殺せないときもあれば、絶対に人を殺しちゃいけないと言われながら、人の命を奪ってしまうようなこともある。それは思うにまかせぬことなんだ、人が生きているということは。

思うにまかせぬこと。そういうふうに考えると、これはやっぱり、無理に自分の命を縮めるというふうに考えなくてもいいんじゃないか。

もうひとつは、今自殺が増えているのと同じように、自己破産というのがものすごく増えているんです。今年あたりで約十万件と言いますね。将来は数十万になっていくだろうと言われるのだけれども、この自己破産というのは、ある意味では経済的な自殺なんですね。逆に言うと自殺というのは精神的な自己破産なんだ。これから自己破産の数と自殺の数はさらに増えていくだろうと、ぼくは思っています。

増えていくということを嘆くということではなくて、それはやっぱりひとつの時代なんです。だけど自殺するのは数ではなくて、その人ひとりの問題だから、ぼくはそれについてはこんなふうに思いますね、というふうに答えるしかない。

結論としては、やっぱり人間は生きているということのひどさというものをちゃんと認めた上で——人生なんてそんな美しいものだけではなくて、絵に描いたようなものでもないし、花は咲き鳥はうたうというものでもない。それはシェークスピアの『キング・リア』のなかで「人はみな泣きながら生まれてくるのだ」というリア王の台詞（せりふ）が象徴しているように、泣きながら人間は生まれてきたのです。で、泣きながら人間は送られて死んでゆく。死というものが行く手にちゃんとあるんだということを考えれば、何もそう急ぐことはないと思います。逃げたいと思っても死からは逃れられないんだよ、というふうな考えもあるので、今現に、自殺という誘惑に駆（か）られたり、そのことが頭を離れない人がいるのだったら、逆に、生きていることにあまりこだわらないで、人間の死というものの実態をずうっと見つめてみるということも、いいことかもしれない。

「死」から「生」を考える

人間が死ぬというのはどういうことか、そしてどんなふうに人間は死んでゆくのか、そういうことを実際にいろんなところで、本当は人間の死を見る体験があるといいなというふうに思います。

今、ぼくらは、死というものの姿を直接見ることがない時代に生きていると思います。かつては湯灌と言って、ぼくなんかも母をそうしたのだけれど、死体を裸にしてタライのお湯のなかにつけて、身内の人たちでその体をきれいに洗ってあげるわけです。

そのときに、その体はもうほんとに痩せ細って、ふだん浴衣を着て寝床のなかにいるときはこんなだとは思わなかったと思うぐらい、人間の姿というものは頼りなく、あわれに小さく見えるものなんです。よくこれで今日まで生きてきたな、というふうに、そのことをすごくけなげに感じたりする。そしていちばん最後にみんなでその人の体を拭いて、それでお棺に納めるという、そういうことを直接やってきたわけだよね。

今はそういう経験が少ないですから、死というものをすごく頭のなかだけで考えているんじゃないかという気がするのです。

それからもうひとつは、やはり自分の存在というものがすごく透明で希薄なものに感じられる、この問題だろうと思うのです。自分の存在が希薄だということは何かというと、ある意味で現在の免疫論の考えかたともすごく似ています。

かつては免疫というのは外側から入ってくるバイ菌とかウイルスとか、そういう厄介なものを体が外へ追い出す防御的な自衛の活動だというふうに単純に考えられていたのだけれども、最近ではそうではなくて、免疫のいちばん最初の働きというのは、これが自分の一部なのか、それとも自分ではない外部から侵入した異分子なのか、つまり「自己」なのか、「非自己」なのか、ということを選別して決定する働きだというふうに言われているのです。それが免疫の作用の第一歩だ、と。

ということはつまり、自己でないものを決定するためには、まず自己というものがきちんと定まっていなければいけないわけで、自己が定まった上で初めて、その自己と照らしあわせて、これは非自己である、ではこれを排除しなければならないという、二段目の働きが出てくるわけですね。その自己というものがはっきりしていないというのが、ひょっとしたら今の時代のひとつの特徴なのかもしれない。

だから、透明な存在である自分というのは、自己というものが決定されていない、つまり、精神的な免疫というものが失われているということなのではないか。免疫というものを、ひとつの医学的な身体的な反応としてだけ考えずに、人間存在の根底にかかわる大きなこととして考えると、われわれにはそういう免疫力が失われている。

免疫力はなぜ失われていくのか。清浄野菜のように、現代は人間が機械的に人工的に生かされている、そういうなかから人間の免疫力は失われていくのだ、という説があります。昔は人間はいろんな雑菌とか寄生虫とか、そういうものと一緒に同居して住んでいた。だから多様な免疫力というものが構成されて準備されていたのだけれども、今はそういうものがどんどんさまざまな科学的な清浄作用によって退治されていったために、人間が非常にシンプルな免疫力しか持つ必要がなくなったのではないか。そのために免疫の全体的な、大きな有機的なつながりが失われてきたのではないか、と。

同じように、ぼくは自殺について考えるときには、まず死というものの実態を、本の上とか観念だけではなくて、きちんと体験として見る機会を進んで見つけることから出発したらどうかと思うのです。ボランティアだって何だってやれるわけだし、いろんな病院で老人を介護するという活動もできることなのでね。

生を考えることにあまりこだわりすぎるから、かえって自分の存在というものがすごく透明で希薄に思えるんじゃないかというふうな気がします。

これからも、自殺ということは増えてゆくと思うし、みんなの頭のなかにちらちらとそういうことが点灯する可能性がある。だけど、そういうときには、さっきも言ったように、人生というものをはじめからそんな、素晴らしいもので、もうありとあらゆるものが揃（そろ）っていると考えないほうがいいと。人生というのはひどいものなんだと、そういうふうに覚悟して。

残酷で、ひどくて、そしてわれわれは泣きながら生まれてきたんだ、この世に——というふうに考えて、そのなかでとりあえず今日まで生きてきた、そんな自分のことをすごくけなげに考えて、そしてそこから、人生はたしかに凄（すさ）まじくひどいものだけど、残酷なもので不合理なものだけど、でも、みずからその人生を投げだしたりするほどではないよ、というくらいの、先輩のゴーリキーという作家の言葉をちょっと思い出してほしいという気がします。

自殺しなくても人間は死にます。かならず死ぬのだから。それもそんなに先のことではないかもしれない。そのことを考えれば、死のほうから逆に生を考えるというふうな発想の転換から、自殺についても、もっと新しい発見が出てくるんじゃないかという感じがしてなりません。

第二夜　生きる意味

結婚して五年になる男です。

最近、自殺をしたいとまでは思わなくとも、自分の存在の意味というか、生きる理由ということがますますわからなくなりました。はっきり言って、自分などはこの世にいてもいなくともまったく関係がないような気さえします。学生の頃からそう考えることもありましたが、「そのうちそんなことは考えなくなる、生きる自覚は自然と生まれてくる」とまわりからも言われたのですが、どうもそうではないような気がしてきました。近頃はよく「子供はまだ?」などと親からも言われますが、自分の気持ちがこのようではとてもそんな気にはなれないし、第一、子供を産み、育てるということがまったく無意味に思えてしかたがありません。

いつも寝る前など、くよくよ考えてしまい、寝つけないことも多いです。自分が特殊なのかと悩んでしまいます。答えの出ないまま、なんとなく惰性で生きているようなものです。それともいつか答えの出る問題なのでしょうか。五木さんはそんな気持ちになったことはありませんか。またそれをどう克服されたのでしょう。ぜひお聞かせください。

〈イソコウジ〉

生きる力を与えてくれるもの

前回の問いに続いて、「死」のほうから「生きる」ことを考えてみたいと思います。

ぼくは、先日までイスタンブールへ行っていましたが、帰国してすぐに、ある女優さんが自殺をしたというたいへん痛ましいニュースを知りました。新聞やテレビではその理由についていろんなことが言われているようですが、おそらく本当のことは誰にもわからないんじゃないかと思いますね。

人間は、たとえば、自分で死を選ぶことがある。しかし、その死を選ぶとき、自分はこういう理由で死ぬんだとは、ひょっとしたら本人にもわからないのではないか。

ただ、何か、深い寂しさとか、むなしさとか、せつなさとか、憂鬱（ゆううつ）とか、そういうものが心のなかに深く根をおろして、お便りのなかにあるような、それを切り開いていく杖になるような強い光が見出せない――そういうことなのではないかと思うのです。

先日、たまたま、倉田百三の『出家とその弟子』という本を読んでいましたら、親鸞とその弟子の唯円の会話として、こんな場面が出てきて、非常に心を打たれました。

ある日、若き唯円が、親鸞聖人に向かっておずおずと尋ねるんです。

「自分は近頃どうも寂しい心持ちがしてならない。歩く人を見ていても、風が吹いても寂しい気持ちがして仕方がない。修行中の身でありながら、こんなことでいいのでしょうか」

すると親鸞はこう答えます。

「じつは自分も寂しいのだ。しかもその寂しさは、こころの奥深く宿っている寂しさで、時間がたつほどますます重くなってくる本当の寂しさなのだ」と。そして、「いずれ、おまえもわかるときが来るだろう。そんな本当の寂しさと出会ったときには、運命が自分を育ててくれているのだと思って、その寂しさをしっかり見据えて、その寂しさと真正面から向きあうことだ」と、友達に語るようにやさしく教え説くんですね。

人間というのは、元気に生きていて、申し分のない生活をしていても、ときどきなんとも言えない気分におそわれることがよくあります。そういったときに、どう対処するかというのは、とても大事なことなんじゃないでしょうか。

じつは、ぼく自身も体調が悪いときなど、気持ちが滅入ってしかたのないときがよくあります。

そんなときはどうするか。

まずひとつは、できるだけ楽しいこと、明るいことを考えようとします。それも大したこと、立派なことじゃなくていい。ぼくの場合は昔見て楽しかった動物や子供のテレビ番組が特効薬だったりするのですが、できるだけ明るいこと、いいこと、楽しいことを考える。つまり、気持ちを切りかえていろんな身のまわりのくよくよすることを思い出さずに、できるだけ楽しいことを考えてやり過ごすという方法をとります。

しかし、これがどうにも駄目なときがあるんですね。

そうしたら、今度は逆に、もっとも困難な状況のなかで生き抜いた人の悲惨な運命のことを考えることにするのです。それにくらべれば、というふうに考える。

ぼくがそんなとき思い出すのは一冊の本なんです。

これは、『夜と霧』という邦訳名でみすず書房から出版され、日本でもロングセラーとして読みつづけられている本なのですけれども、フランクルというお医者さんが強制収容所での自分の体験をドキュメントとして書いたレポートです。

フランクルは、将来を嘱望（しょくぼう）された優秀な精神科医として、ウィーンでたいへん幸せに暮らしていました。優しい奥さんと子供に恵まれ、何不自由ない生活だったんですが、ユダヤ人であったために、ナチス・ドイツの手によって、アウシュビッツに送られます。

アウシュビッツは湿地帯の非常に陰うつな風景のなかにつくられた死の収容所として世界的に有名になりましたが、フランクル一家はそこに収容され、家族はみな死んでしまって、戦後、彼ひとりが奇蹟（きせき）の生還をしました。

彼は収容所にいる間に、そこでの出来事を小さなメモ帳などにびっしり書きつけ、靴の底やいろんなところに隠して持ち帰り、それらの資料を整理して、一冊のレポートを書きました。

それは本当になんとも言えない記録なんですが、さりげなく書かれているところで人を非常に感動させる部分があります。

アウシュビッツでは一説によると六百万人のユダヤ人たちが「処理」されたと言われていますが、そういう極限状態のなかで最後まで、自殺をしたり、あるいは反抗して射殺されたり、あるいは栄養失調で死んだりせずに生き延びた人間――地獄よりももっとひどいと思われる極限状態のなかで生き延びたのはどういう人々か、という考察があるんです。

フランクルや、その他の体験者たちの記録によると、それは体が丈夫な人とか、強い意志を持った人とかには限らなかったというのです。

私どもは、強い信仰を持った人、強い意志の力を持った人、最後まで希望を捨てなかった人、思想的に深い信念を持った人が生き残ったというふうに考えがちですが、かならずしもそれだけではないと彼らの本は語っています。

強制労働で外へ連れだされて、死んだ人たちを埋めるためにスコップで穴を掘っている。そのうちに日が暮れてきて、栄養失調の体には凍えそうに寒い。そんなとき、林の向こうに真っ赤な大きな夕日が今にも沈んでいこうとする。それを見た瞬間、スコップの手を休めて、「おーい、見ろよ、なんて素晴らしい夕日じゃないか」というようなことを言う人。そして同じように、仕事の手をとめて、「ああ、本当にきれいだな」というようなことを言える人。そんな人が極限状態のなかで、比較的生き延びたというのです。

「夕日がどうした、自分たちは明日はガス室に送られるかもしれないんだ」と言って、そういう自然の美しさとか、夕日が沈んでいくさまにぜんぜん心を動かすことのなかった人たちのほうがむしろ先に死んでいったというんです。

あるいはまた、水たまりを越えていくとき、水たまりに映った木の枝とか風景が、まるでレンブラントの絵のようだと、感動してその水たまりをのぞきこむようなタイプの人たちが生き延びた。

　夜中に、狭いところに押しこまれて、枯れ木のようにみんなが重なりあって寝ている。栄養失調で、一日に一碗（わん）のスープだけで生きている体を、ちょっとでも動かして自分の体のエネルギーを無駄に使っちゃいけないと、寝返りさえしない。

　そんななかで、ふと遠くからアコーディオンの音が聞こえてくるような気がする。あの曲は昔ウィーンで流行（はや）ったコンチネンタル・タンゴじゃないかしらと、起き上がって壁に耳を押しつけ、その音楽に聴きほれる。そんなタイプの人たち──そういう心持ちの人たちのほうが生き延びる可能性が高かったともいう。

　こういうことを読みますと、人間に生きる力を与えてくれるもの、それは大きな輝かしいものであると同時に、ぼくたちが日常どうでもいいことのように思っている小さなこと、たとえば、自然に感動するとか、夕日の美しさに見とれるとか、あるいはあの歌は懐かしいなと言って、そのメロディを口ずさむというふうな、ぼくたちが日常なにげなくやっている生活のアクセサリーのようなことが、じつは人間を強く支えてくれることもありうるんだということなのです。

たとえば、俳句をつくる人がいますね。俳句をつくると、いやでも周りの自然を見る目、感覚が鋭くなってきます。収容所のなかで、もしも俳句をつくることを続けられる人がいたら、その人はほかの人よりも強いかもしれない。あるいは、音楽が好きで、疲れきっていても、口笛で何かのメロディを吹く人の方が、ひょっとしたら強く生きられるかもしれない。

俳句をつくる、ピアノをひく、生花をいける。こうした、普段はたんなるおけいこ事とか趣味だと思っている日常的な小さなことも、アウシュビッツのような極限のなかで、人間の生きていく力を支えるために大きな力になるんだということを、アウシュビッツの体験者たちの本はぼくたちに教えてくれている気がします。

青い鳥のいた場所

一方、これとは対照的な本なんですが、ルネ・クーディーという人が、シモン・ラックスというユダヤ人の友人とふたりで書いた『死の国の音楽隊』という本があります。日本では音楽之友社から「アウシュヴィッツの奇蹟」という副題で出版されています。

音楽家であったクーディーたちも、やはりユダヤ人だったためアウシュビッツに送られます。いつ殺されるかわからない日々を送っていたある日、彼は、全収容所のなかからプロのミュージシャンや楽器が演奏できる人だけを抜擢してつくられたアウシュビッツ収容所の音楽隊のひとりに選ばれます。

彼らは一室に集められ、ろくな楽器はなかったのですが、いろんな楽器を持ち寄って、手書きの譜面を集めて、練習を重ねます。ガラス窓の外を、黙々とガス室へ運ばれていく自分たちの仲間の姿が通り過ぎていく。その影絵のような姿をバックにしながら、一生懸命アウシュビッツで生きるために音楽をやるんです。

朝は起床の音楽を、体操のときには体操の音楽を、そして労働のときにはみんなの士気を鼓舞する音楽を。

そして、土曜と日曜には——ここが大事なんですが——ドイツ人高官や非常に高い地位の将校、収容所の偉い士官とかその家族のための週末のコンサートをやるんですね。

モーツァルトとか、バッハとかいろんな音楽を演奏するんですが、昼間はガス室で何万人という人を殺し、焼き尽くし、ブルドーザーでその死体を埋めている人たちが、土曜の夜になると、ホールに集まって、アウシュビッツのユダヤ人たちの演奏する音楽に本当に感動して、涙を流して聴き入るのです。

この本が出版されることになったとき、この本に序文を書くよう依頼されたフランスの有名な文学者ジョルジュ・デュアメルは、いったんは断ろうとしますが、引き受けて、あえてこういった内容の文章を書きました。ぼくの言葉でそれを解釈しますと、こんな内容です。

自分はこれまで荒廃した人間文明のなかで、ただひとつ、クラシック音楽こそ、清らかに生きている人間の魂の隠れ場所のように思っていた。けれども、この本を読むと、昼間は血に汚れた手で、何万というユダヤ人の命を奪い、そして夜は、洋服を着替えて、ユダヤ人の楽隊の演奏するクラシック音楽に涙して、感動するドイツ将校たちの姿が描かれている。これまで自分は、音楽とは、美しい魂の持ち主だけを感動させるものだと信じていた。そして、自分を支えてきた。だが、血に染まった手をポケットに隠して感動できるモーツァルト、そんなものがあるんだったらもう自分はクラシック音楽など信じない――。

そんな非常にペシミスティックな、極端な序文を書いたのですね。

このように、フランクルは、絵を描くということ、音楽を愛するということ、日常生活のちょっとしたことを大切にするということ、もちろん、クラシック音楽などを心から愛するということは、人間の支えになる、と証明しているのですが、もう一冊の本『死の国の音楽隊』は、そういうものさえ無力である世界がこの世の中にはあるということを言っています。

こうなってきますと、ぼくたちはそこで迷わざるをえない。いったいどういうふうに生きていけばいいのか。

人間、ひとつのことで、それさえつかめば生きていく大きな力になる、というものはなかなかないものだというふうに思います。

メーテルリンクの『青い鳥』という作品がありますね。

青い鳥というのはそれをとってくれれば幸せがやってくるスーパーバードのように言われておりますけれども、あれをお読みになったかたは最後になってびっくりされると思います。

せっかく見つけた青い鳥――自分たちの部屋のなか、日常の片隅にあった青い鳥は、かごから出して手に握ろうとした瞬間に飛び去ってしまう。つまり、あの本はじつに「青い鳥は逃げていく」という絶望的で悲観的な物語なんです。

人間は夢を追って、青い鳥を探し、幾山河を越え、そしてさまざまな苦難や失敗の後に、ようやく、幸福の青い鳥などというものは、自分たちの身近なつつましい生活のなかにあるんだということに気づくときが来る。でも、気づいたときにはもう遅いのだというお話なんです。

メーテルリンクは、非常に正直に、世の中にはそんな絵に描いたようないいことばかりはないんだ、人生にはなんとも言えないつらいこともある。そして、青い鳥のように、それだけをつかまえればすべてうまくいくというようなものは世の中にはないのだ、人間は青い鳥を見失った後、自分の手でひとりひとりの青い鳥をつくらなければならないんだよ、ということを教えようとしていたのかなと思ったりします。

一本のライ麦の根が教えてくれるもの

アメリカのアイオワ州立大学で、ディットマーという生物学者がおもしろい実験をしています（中公新書『ヒマワリはなぜ東を向くか』瀧本敦著）。

小さな四角い箱をつくって、その箱のなかに砂を入れて、一本のライ麦の苗をそこで育てます。水をやりながら、数カ月育てると、ちっちゃな四角い箱の砂と水だけの世界のなかから、ライ麦の苗が育ってくるんです。もちろん、色つやも悪いし、実もたくさんついてはいない。そのあとで、箱を壊して、きれいに砂をふるい落としていく。そして、それだけのひょろひょろとしたライ麦の苗が育つために、いったいどれだけの根が土のなかに張りめぐらされているかを物理的に計量したのです。

そこで、目に見える根はもちろん、根毛(こんもう)という目に見えないちっちゃな産毛(うぶげ)のような根も全部顕微鏡で計測して、数カ月たって育った一本のライ麦が三〇センチ四方、深さ五、六〇センチの箱のなかに張りめぐらしていた根の長さを全部足し合わせますと、なんと約一万一二〇〇キロメートルになったというのです。

たった一本の苗のひょろっとした命を支えるために、一万キロメートル以上の根を砂のなかの隅々まで張りめぐらして、そこから必死の思いで水分とか、窒素とか、カリ分とか、燐酸(りんさん)とかを吸い上げ、命を支えている。生きてあるということは、じつはそれだけの目に見えない力によって支えられているということなんだということを、あらためて感じさせるすごいレポートだと思います。

ぼくたちは、漫然(まんぜん)と生きているつもりでいます。なかには、素晴らしい仕事をなし遂げて、きらきら輝く人もいれば、そうでない人もいる。そして、一生を刑務所の塀のなかで過ごすような不幸な人もいます。だけど、ぼくたちの生きているこのひとつの命というものは、一万キロメートルもの根によって支えられている、一本の貧弱な、実もろくについていないようなライ麦とくらべて、何千倍どころか、何万倍という大きさなんです。

しかも、数カ月どころでなくて、二十年生き、五十年生き、八十年生きる。ぼくたちのこの体を支えてくれている、この全宇宙に張りめぐらされてこの命を支えてくれている根の広がり、大きさというものを考えると、もう気が遠くなるような感じがします。

ぼくたちは、物理的に水分が必要です。ビタミンも必要です。食物を摂(と)らなければなりません。ほかの弱い生物たちを犠牲にして、ぼくたちは植物を食べ、動物を食べます。空気も必要、水も必要、太陽の光も必要、熱も必要、石油も必要、ありとあらゆるものを寄せ集めて、ぼくたちはやっと生きている。それだけじゃなくて、ぼくたちは精神的な存在ですから、生きていくためには、物だけでなくて、希望とか、勇気とか、信念とか、信仰とか、いろいろなものが必要です。いちばん必要な、愛というものもあります。

そういうこと全部をぼくたちは、オギャアと生まれたその日から、無意識のうちに、延々と目に見えないこの全宇宙、全地球上、全地下にまで張りめぐらしたその根からくみ取りながら生きているわけですね。

このことを考えてみますと、軽々しく、「生かされている自分」などと言えないことに気がつきます。人間というのは、生きているつもりでいても、自分だけで生きているのではない。一個の人間として生きているのであるが、一個の人間が生きるために、自分の気がつかないところで、けなげなまでの大きなエネルギーが消費されながら、ぼくたちは今日一日生き、明日一日生き、そしてあさって一日生きていくのです。そう思えば、自分の命というものを自分の意志で放棄するということなんかとてもできない。それはすごくわがままで、勝手なことなのかもしれないな、と思えてきます。

生きているだけで価値がある

自分で死を選ぶ人たちに対しては、それは酷な言いかたかもしれませんが、生きたくても生きていけない人たちがいる。そして、不自由を耐え忍びながら、ハンディキャップをはねのけながら、必死で生きている人たちもいるのです。

人間は誰しも充実した人生を送り、世のため、人のために尽くし、そして輝く星のように生きたい、それが望ましいことなのでしょうが、現実にはピラミッドの真ん中から下に生きる人たちのほうが多いんじゃないでしょうか。

しかし、平凡に生きる人も、失敗を重ねて生きる人も、世間の偏見に包まれて生きる人も、生きているというところにまず価値があり、それ以上のこと、どのように生きたかということは二番目、三番目に考えていいことなのかもしれない。

ぼくたちは生きているというだけで価値がある存在なのです。生きているということは、それだけで、必死で努力しているということであり、自然によって生かされているということであり、たくさんのものに支えられて奇蹟的に生きているということなのです。

一本の弱々しいライ麦でも、一万キロメートル以上の根をびっしり張りめぐらして、やっとその生命を支えている。ぼくはその麦に対して、おまえ、実が少ししかついていないじゃないか、とか、色があまりよくないじゃないかとか、丈が少し低いじゃないかとか、そんなこと言う気はぜんぜんありません。

ましてや、人間というものをいちばん根底のところから考えれば、ぼくたちは憂鬱な日々のなかで、自分を励まし励まし生きていかなければならないのです。

ぼくたちは日々悩みながら、迷いながら、そして、迷い悩むなかで、ちょっとしたことに励まされながら生きている。今日はたいしたことのように思えたことが明日はなんでもない、つまらないことのように思えるというふうな変遷を繰り返しながら、生きていくのです。ひとつのものだけを求めるのは無理があります。

小さなこと、たとえば、西の空に沈んでいく夕日、あるいは冬空に風に吹かれて揺れている枯れ木の枝、夜中に遠くから聞こえてくるアコーディオンの月並みなメロディ、そういうことを全部ひっくるめて、ぼくたちは、砂のなかに張りめぐらされた根からエネルギーを吸収しながら、この命を支えてきている。

こんなふうに考えますと、これほど繊細で、これほど気の遠くなるような努力と気の遠くなるようなさまざまの奇蹟的なことによって、今日一日生きているのだと感じます。

その命のけなげさというものを思うとき、自分を尊敬する、というのもおかしいですけれども、感動しないではいられません。

そして、そういう存在を与えてくれた大きなものへの感覚がそこからおのずと生まれてくる可能性を感じざるをえないのです。

第三夜　健康とは

いつも深夜の友のひとりとして楽しくお話を聞かせていただいています。九州に住む二児の母ですが、五木さんにぜひ伺(うかが)いたくて、葉書を書きました。

五木さんはどこかで、戦後五十数年、ほとんど医者や病院の世話になったことがなく、レントゲンも四十年前に一度撮っただけ、とおっしゃっていましたが、本当でしょうか。主人は、それは五木さんがたんに生まれつき丈夫だということなんだよ、と言うのですが、いかがでしょう。ぜひ五木さんの健康に関する本音、お聞かせください。よろしくお願いいたします。

〈二児の母〉

ぼくは病気の巣

なるほど――。

前回、前々回と非常に重いテーマについてお話をしたので、今夜は少し前向きに、ぼくの健康観というか、こころとからだ、心身観というか、そういうものについて、何通かお葉書が来ていたので、そのなかから一通を選んでお答えしようと思います。

そのご主人の言っていることは半分あたっている。たしかにぼくは戦後どころか戦時中からずっとそうなのですが、本格的に病院に入院したり、いわゆる大検査――今は定期検診でもいろんな検査をする、ああいう検診を受けたこともないのです。

鈴鹿（すずか）でＦ１の車に試しにちょっとだけ乗ってみたことがあるのだけれども、その際、もしも事故ったときのためにというので血液型を調べるのに血液を採られたり、友達の医師といろんな議論をしているときに、お茶の間で、「そんなこと言ったたって、あなた、ずいぶん世界中あちこち旅行してるから、変な肝炎なんかもらってる可能性がある、どれどれ……」なんて血液を採られて検査されたりとか、そういうことはあるのですが、きちんとした形で病院に行って治療を受けたり検査を受けたりということは本当に一度もないのです。

歯医者さんには十年ほど前に行って、それから十年くらいは一度も行っていないから、これも珍しいほうだと思うけれども、レントゲンというのも、一度撮ったきりです。大学に入るときに健康診断書を出さなければいけなくて、まだ二十歳になっていない頃にレントゲンを撮って健康診断書を大学に出した。それ以後は、いわゆるレントゲン撮影ということは、自分では一回も経験がないのです。大病院に入院した経験もなく、できるだけ注射の針も刺さずに、できれば血圧も測らずにやっていきたいというくらい、かたくなに自分の健康をコントロールしてきたのだけれども、たしかにそのご主人の言われるとおり、それができたということは、いわばぼくが偶然にも大きな病気にかからなかったとか交通事故に出遭わなかったとか、偶然というか幸運というか、そういうものに恵まれているということは確かなのです。盲腸とか交通事故で大ケガをして救急車で運ばれるということもあるだろうし、そういうことがなしに来られたということは非常にラッキーだったと思っている。

だけど、「半分あたっている」というのは、半分はそのご主人の言っていることは間違っているのです。じつは、ぼくは病気の巣なのです。

子供の頃は、「腺病質」という表現があったのだけれども、ぼくはすごい腺病質な子で、いろんな具合の悪いことがたくさんありました。たとえば扁桃腺。これはもう、ひどいときは一カ月に一回ぐらい扁桃腺炎で熱を出し、ひっくり返っていました。何かというと扁桃腺、扁桃腺というので……。よく扁桃腺を取れ、手術しろなんて言われたのですが、ぼくは頑張って、いやだ、と言い張って、ずっと来てるとだいたい三十歳を過ぎた頃から、いつのまにか扁桃腺が腫れなくなった。

とにかく、丈夫な子供ではなく、腺病質で多病な子だったのです。中学生ぐらいからあとはもうずっと体の異常というものを感じないときはなかった。中学二年の頃は父が結核だったのだけれど、あ、自分もそうだなというふうに自覚した時期がある。微熱が続いて、体がだるかったり、いろいろと調子が悪くて、ああ、自分もひょっとしたら結核かな、何か呼吸器関係の病気かな、というふうに思うときがあったのです。でも、そのうちいつのまにかそれも通り過ぎてしまった。大学に入学するときにレントゲンを撮ったら、「肋膜(ろくまく)か何かやりましたか」と聞かれたので、「いいえ」と答えたら、写真に石灰化した跡が写っていると言われて、「はあ、そうなんですか」と、びっくりしたことがありました。

その後、大学生の頃も、大学を途中で横へ出ていろんな仕事をしていた頃も、いわゆる小説を書きはじめた頃も、ぼくの体のなかにはいろんな病気が、病気の巣と言ってもいいぐらい、たくさんあったのです。

たとえば、「気胸(ききょう)」という変な病気がある。これは自分で判断しているのです。一応、ちゃんと本を読んだり、医学書も勉強した上で診断するのだけれども。ある日、息ができなくなってしまった。息を吸いこむことはできるけれども、吐くことができない。何か自分の肺が古いぼろぼろのゴムみたいになって、息が十分にできないのです。残気感というか、息を吐いても吐き切れない、息がいっぱい残っている感じがするわけです。肺の弾力性がなくなっていたのだと思う。ぼくは十三歳の頃から煙草を喫っていたのですが、その呼吸器の異常を感じたあたりで自然と喫いたくなくなって、煙草をやめたのが四十代のはじめかしら。地下鉄にも乗れなかった。地下鉄に乗ると呼吸ができないほどひどかった。

腰痛もひどくて、カイロプラクティックとか指圧とか、いろんな先生にいろいろ診てもらったけれども結局治らなくて、自分自身の治療法で、今は腰痛が治ったというんじゃなくて——ぼくは「病気は治らない」という主義なのです。病気は絶対に治らない。ただ、病気といろいろ話しあいをして、なんとかその病気が表へ出ないようにする、という考えかたです。

腰痛があった。偏頭痛もあった。そのほかに、いわば流行作家としてもっとも忙しかった三十代の終わりから四十代にかけての頃、ホテルの仕事場で、肩から胸、そして脇腹のほうへ斜め掛けにものすごい痛みが走って、呼吸が困難になって、絨毯の上にぶっ倒れたことがある。三時間ぐらいそうしていたかしら。ああ、これは狭心症だな、ということはわかった。このまま自分は死ぬのかな、というふうに思ったのですが、じっとしているうちに少し治まってきた。それからは、自分は狭心症か心筋梗塞か何かそういう気があるな、というふうにいつも気をつけて、自分は病人なんだ、というふうに言い聞かせながら今日までなんとか来ました。でも不整脈とか、突然心悸亢進するとか、いろんなことがあります。

偏頭痛とは本当に三十年来の友なのですが、そのほかにもいろいろたくさんあって、今挙げたほかにも、じつは数えきれないぐらい具合の悪いところがいっぱいあったのです。

四年ぐらい前でしょうか。下血して、そのことを週刊誌に書いたら、いろんな人からお手紙をいただき、それこそ腕をつかまれて病院に引っぱって行かれそうになりました。「大学病院に知人の医者がいるからそこで切れ」とかいろいろ言われてね。まあ、良くてもポリープがきっとあって、そこから出血していたのだろうと思いますが、それも行かずに、「病院に行くぐらいなら死んだほうがいい」と頑張って、なんとなく最近は治まっています。

人間はもともと病気のかたまり

そういうことがいっぱいあって、それを禅宗（ぜんしゅう）のお坊さんに言わせますと、人間というのは「四百四病の巣」なのだと。つまり、人間は健康な体で生まれてきて、それが公害とか世の中の無理を重ねて少しずつ悪くなり、そして老化が進んで成人病が出てくる、というわけではないのだ、という。人間というのは最初から病気の巣なのだ。病気を抱えて生まれてくるのだ。そのなかの最大の病気が「死」という病気であって、「人間は死のキャリアである」という考えはそこから出てくるわけです。

ＨＩＶさえも最近はいろんな治療法が進んで、発病せずに生涯を終える人もいるけれど、死は逃れることはできないので、すべての人間は「死」というものを抱えている病人である。そのほかに、「老いる」ということもある。遺伝子が傷つくこともあるだろう。いろんなことで人間というのは、もともと四百四病の巣であると考えるわけです。病気というものが外からやってきて健康な人間の体を蝕むというわけじゃなくて、人間はもともと病気のかたまりなのだ、いろんなバランスが崩れたときにそれが表へ出るのだ、というのが仏教的な健康観です。

禅宗では、病気のことを「不安」と言います。「老師不安」と言いますと、あの偉いお坊様は今ご病気でいらっしゃる、ということになるわけですが、その「不安」というのは、心配するという意味ではなくて、不安定という意味、バランスが崩れるという意味なのです。つまり病気というのは、体のいろんな、生きていく上でのコンディションのバランスが崩れて、本来人間が体のなかに宿している四百四病のいろんなものが表へ現れてきた状態、というふうに考えるわけだから、本当の健康ということは、人間にはもともとないと考えるのが仏教的な心身観なんですね。完全な健康なんてのはありえない。人間は常に病気である。最大の病気として「死」というものを抱えて生きていくのである。

老化もそうです。老いていくということ。エントロピーの増大というのは、物理学の熱力学第二法則としては、誰もが否定できない法則なのだけれども、人間の体とか生命、細胞、遺伝子というものもやはり老いていくわけだし、無秩序に、乱雑に、崩れてゆくわけです。これを止めることはできない。

それから考えると、これまでの健康と病気という考えかたは、根底から考え直さなければいけないんじゃないかな、とぼくは思うようになったのです。それで自分自身が、病院にまず行きたくないんですね。なぜ病院に行きたくないか。病院に行った途端に人間は病人として扱われるわけだ。これは何か囚人になったような気がするのです。

この間、津金さんという前進座のプロデューサーのかたが入院されたので、パジャマでもプレゼントしようかと思ったら、「でもパジャマは決まった柄のものを着なきゃいけないんです」「どんなパジャマ?」「縦縞のパジャマです」と言われて、それじゃほんとに囚人じゃないかと思ったのですけれども、なんか病院というのはいやなんですね。

病院というところは病気の巣であるというふうに考えるから、できるだけ近づきたくない。注射をするとか手術をするとか、あるいは化学的な薬品を服むとか、そういうこともできるだけ避けたい。自分が健康なのかどうか考えない、という立場でやってきたわけです。

盲腸、つまり虫垂炎なども偶然訪れてくるんじゃなくて、やはり暴飲暴食とか、あるいは体のバランスが崩れたとか、そういうときに出やすい。「五木さんはたまたま健康で盲腸なんかにならなかったから病院に行かずに済んだのですよ」と言われれば、ああたしかにそうだな、ぼくはそのことを感謝しなければいけないな、と思う反面、いやいや、できるだけそういうものが出ないように気をつかっているのです、という気持ちも半分はあるわけです。

たとえば、ぼくがものすごい無理な仕事をして三日ぐらい徹夜を続けていたような頃には、よく十二指腸のあたりがすごく痛みました。もう、すぐにわかります。締め切りが近づくと痛むから。精神的なストレスによる胃炎か、十二指腸潰瘍か、それはもう間違いないのだけれども、そういうものが出てくるというのも、自分の今の状態がそれを引き出しているんだな、というふうに考えるわけです。

自分なりの努力

交通事故だってそうです。「五木さんはラッキーにも交通事故に遭わずに来た」と言われる。しかし、もう今は運転をやめましたけれども、ぼくが運転していた頃の運転の仕方を皆さんがたが見たら、きっとそれはびっくりすると思う。まず、車に乗りこむ前の儀式というのがあります。靴の底を丁寧に拭く。靴の底に砂とか水なんかついていてブレーキを踏んだとき足が滑っちゃいやだと思うから。それから運転するときは運転するための専用の靴を履く。そして体のコンディションをととのえ睡眠をきちんととっておく。前の日に風邪薬など薬を服んだあとは運転しない。もちろんアルコールも。そして車に乗る前には四つのタイヤを全部点検する。エンジンフードも開けて見る。アイドリングをきちんとやる。そして車に乗ったらスタートする前に、「自分は歩行者に注意をする」「安全運転に徹する」ということを、ちょうど昔の電車の運転手さんみたいに口に出してきちんと唱える。シートは乗るたびにあらためてアジャストする。そしてシートベルトをきちっと締めて、ステアリングのいちばん正しい位置に自分の手を置く。その前に手をようく揉んで血液の循環をよくして、肩もたたいて、なめらかにハンドル操作ができるようにしておく。それでやっと動きだすわけです。

走りだすときも最初の五〇メートルという間は本当に徐行運転で、少しずつスピードを上げていく。前を見て後ろを見る、だけじゃ駄目です。前を見て後ろを見て、右を見て左を見て、もう一ぺん前後左右を見るというぐらい、丹念に前後左右を見ながら運転していって、しかも前後左右の車の流れのなかで要注意の車からはできるだけ離れるようにする。路面の状況も常に注意深く見て。

とにかく、言えば切りがないのだけれども、そういうことをずっと続けながら、ブレーキを踏むときだって、どこまで踏めばタイヤがロックするか、ふだん第三京浜などの広い場所で何度も何度もあらかじめ試して、どのくらいのところで急停車できるか、そのタイヤの状況とか車の能力とか、いつもきちんと把握しておく。

そういうふうにして運転している立場ですから、いきなり簡単にひょいと車に乗ったりする人を見ると、信じられない、というふうに思ったりするのです。

もちろん、だから半分本当だと言ったのですが、ぼくはたしかに幸運でありました。だけど、幸運であっただけではない、と言いたい気持ちが心のなかにあるわけです。

自分はたしかにラッキーであったけれども、自分なりの努力というのも、かなり丁寧にやっているわけです。

それから、車以外では、歯を磨くとき。歯を磨くといっても、ぼくから見ていると、普通の人の歯の磨きかたというのは、適当にこすっているだけとしか思えないのです。やはり歯を磨くときには、上の歯と下の歯、歯列のなかで、どの歯とどの歯とどの歯とが自分の歯で、どの歯とどの歯が自分の歯でない、加工された歯で、今磨いている歯は左から何番目のどの歯で、というふうに、一本一本の歯が全部、頭のなかで見えていないといけない。見えているそのイメージのなかで、どの歯をどのように今磨いている、ということを——目的意識というか——はっきりさせながら歯を磨く、というふうにしなければ、本当に歯を磨いたことにならないと思う。歯を磨くことひとつでも、そのくらい神経質になっていかなきゃいけない。

しかし、ちょっとしたことでは病院に行かないというのは、医師とか病院に対する不信感からきているものではなくて、むしろ逆に言うと人間の学問とか科学というものに本当は深い敬意を抱いているからなのです。

つまり、この宇宙のなかの出来事というのは本当に神秘的で、人間の知恵のなかなか及ばないところにある。それでも、科学とか学問とかによってわれわれはここまで接近することができた。そのことは素晴らしい。それでも、この百年間に進んだ科学が理解できたことは、この大宇宙の自然の、おそらく百万分の一ぐらいではなかろうか、というふうに感じるわけです。

今や医学の世界は日進月歩じゃなくて秒進分歩と言われている。昨日までの真実が今日は違うとか、どんどん進んでゆく。ほとんど専門家でもそのスピードに追いついていけないだろう、と思われるぐらいです。

現在の科学にまったく身をゆだねるのは危険

たとえばの話ですが、よく歯磨きのときに、歯垢、いわゆる歯のあいだにある垢をきれいに落とさなければいけない、と言われます。そのようにぼくらはもうあたまから歯垢というのを敵役のように思うけれども、最近の学問では、歯垢から抗ガン剤をつくるという、そういう研究が進んでいるのです。

これはどういうことかといえば、歯垢のなかに免疫力を高める物質が存在するということが最近になってわかってきたのです。歯垢のなかに含まれている免疫力、つまり体の抵抗力を高める物質だけを抽出して培養し、それを投与すればガンに対してもよい結果が出るのではないかということで、今研究が進んでいるわけです。

もともと、歯垢は人間の口のなかに自然に存在するものです。自然に存在するものには存在する理由がある。ただ在るだけではないのだ、と思います。歯垢というのは、たしかにある一面では歯槽膿漏とか歯周病などの原因になる細菌をたくさん含んでいるけれど、もう一面では、その歯周病（原生）菌が歯の免疫力や抵抗力を高める働きもしているということがわかってきたわけです。そうすると今までのように、ただ歯垢を落とせばいい、という単純な考えかたでは、通用しなくなってくる。つまり、自然がわれわれに与えてくれたものは、何がしか、それが存在する理由がある。それは盲腸にしろ、扁桃腺にしろ、要らないものや余分なものがくっついているというだけではなく、何かの働きをしているのではないか。最近になってみんなそのことを考えはじめているわけです。

　遺伝子のなかにも、遺伝子というのはいろんな形で――二重螺旋構造と言われるのだけれども、たくさんの遺伝子がずっと連なっている。そのなかには、なんの役に立っているかわからないような遺伝子もあるわけです。昔はその遺伝子のことを「ジャンク」、どうでもいいクズみたいなもの、と呼んでいた。ところが最近では、ジャンクと呼ばれていた遺伝子自体が人間の体のなかで、たとえば生体時計の役割を果たしているのではないか、という見かたすら出てきています。

このように、無駄なもので必要のないものと思われていたものがじつは人間にとって凄い大事なものである、ということが少しずつわかりはじめてきたわけです。

そうすると五年後、十年後、そして百年後には、今われわれが常識として考えていることとまったく反対のことが科学的に正しいこととして認められる可能性だってある。

このように考えると、現在の段階の科学的、医学的な判断だけに一〇〇パーセント身をゆだねてしまうということは、むしろ学問とか真理というものに対する冒瀆ではないか、という気がぼくはしてならないのです。

このあいだも、ある歯科医のかたが書いていたのだけれども、ときどき七十歳を過ぎて一本も歯に欠損のない、全部自前の歯だという、そういう歯の持ち主が病院に来たりする。そうするとアシスタントの若い女の子が飛んできて、「先生、先生、すごいかたが見えました」と言うので、「どれどれ」とみんなが集まって見にいく。それぐらい、八十歳ちかくなっても自分の歯がすべて丈夫で、一本も歯が抜けていないということは珍しいのだそうです。見てみると、たしかにその人は一本の入れ歯もなければ抜けた歯もない、見事な歯を持っているのだけれども、まっ黄色で、歯垢だらけの臭気ふんぷんたる、そういう歯の持ち主であることがしばしばあるという。歯なんか磨いたことないという人がいるのです。

だから、場合によっては、歯を磨くということは……、動物は歯を磨かないわけだから、果たしていいことか悪いことか、ということは、今の科学では判断できないのではないか。

ぼくが髪の毛を洗わないというのは有名ですが、これもぼくなりの理論というのはあるのです。テレビのコマーシャルで、毛根を覆っている脂肪分のおかげで毛穴が窒息しそうだ、なんていう画面がよく出てくるけれども、ぼくはそういう皮脂を全部とってしまったら危険なんじゃないか、という気がしてしかたがない。それは学問的に証明されないけれども、あんまり髪の毛を洗いすぎるのはよくない。やはりほどほどに——ぼくはちょっとひどすぎるけれども、一週間に一ぺんぐらいは洗ったほうがいいと思います。でも、朝晩シャンプーしていると、髪の毛は傷みますよ。

自分の責任で管理する

そんなことを考えると、ごく普通に人間的な常識にしたがって自分の健康を維持していくというのは大事なことです。とくに何が大事かというと、今、「自己責任」という言葉を聞くことがあるでしょう。金融不安とかいろんなことがあって、これからは銀行もあてにならない、郵便局もあてにならない。自分の財政は自己責任でもって処理しなければいけない、とよく言われる。二十一世紀は自己責任の時代だ、などと言われるけれども、自己責任ということがもっとも要求されるのは、健康に関してだと思います。

われわれは自分の体について自分で責任を持たなければいけない。何ごとかちょっとあったらすぐに大きな病院やお医者さんのところへ、「先生、注射してください」と行くのは、自己責任というものとは程遠い考えかただろうという気がするのです。

健康保険料もこれからは自費で負担する部分のパーセンテージがどんどん上がっていくだろうし、われわれは自分の健康を病院とか医師にゆだねて、おまかせでやってはいけない時代に入ってきている。

それは学校の教育もそうです。さっき言ったように、銀行や郵便局になんでもまかせちゃうという姿勢も駄目。やはり自己責任でやっていかなければいけない。そこで一番やっていかなければいけないのはやはり自分の体に関して、自己責任で自分の健康というものを維持していく。そしてその健康を維持するというのは、さっきも言ったように、自分を健康で無垢な人間として考えて、そこに何か人間に害を及ぼすバイ菌が近づいてきて悪さをする、というふうに考えるのではなくて、おぎゃあ、と生まれたその瞬間から人間は四百四病というものを体中に抱えているのだ、と考えて、そういうものと一緒に生きてゆく。そしてそういうものがバランスを崩して、禅の世界で言う「不安」、つまり不安定な状況にならないよう日常生活で気をつけていく。

それにはいろんなやりかたがあると思います。

「食は養生にあり」だったか、食べることが大事だと言いますね（「医者を持つより料理人を持て」Have a cook rather than a doctor.）。

だけど、ぼく自身は不規則な生活をしているわけです。「五木さんは、体が大事だと言いながら不規則な生活しているじゃないですか」と言われるのですが、ぼくは食べるということを二十四時間単位では考えない。だいたい一週間単位で考えます。睡眠も。だから、ある日は徹夜して睡眠不足かもしれないけれども、次の日かその次の日にはそれを補って余りあるぐらいたっぷり寝る。あるいは二日ぐらいぜんぜん野菜を食べないこともあるけれども、三日目には大量に摂るとか。そんなことは役に立たないと言う人もいます。でも、これはぼくの生きかたですから。一週間単位で自分のバランスをとっていく。それしか、こういう仕事をしているとやっていけないのですね。

そんなふうに、自己責任で自分の健康を管理していくということに関して、ぼくはすごく真剣にやってきたつもりでいるし、そのことを自分の思想的実践、と言うと大げさだけれども、そういうつもりで取り組んできたのです。

ぼくは一昨年（九六年）『こころ・と・からだ』（集英社刊）という本を書きましたが、そのなかで自分が偏頭痛とか腰痛とかといったものと、どう闘ってきたか、という話をずっと語っています。

朝起きたら新聞を見るでしょう。ぼくはすぐに天気図を見るのです。上海あたりの気圧を見、福岡あたりを見、あ、大阪がこうだから、横浜までは六時間ぐらいでこうなるな、というふうに、前線とか気圧の変化をずっと見ながら、自分のその日の行動のプログラムを立てていく。そのくらいやらないとやはりいけないと思います。

逆に言うと、なんでも病院に行くほうが簡単なのです。注射してもらったりするほうが楽です。自己責任でもって自分の健康を管理するということのほうが、それは大変です。大変だけれども、それをやっていこう、というふうに決意して、やってきたのです。とりあえず今日までは、なんとかそういうふうにやってこれた。明日のことはわからないけれども、とにかく戦後五十年ちかくこんなふうにやってこれたのだということの、何か意味というものはあるような気がしないでもありません。

高い健康保険料を払いながら、ぼくはぜんぜん使っていないから、もったいない気もするけれども、ああいうものは使わなければ使わないほうがいいのです。

今の自分と向きあう

ここであらためて申しあげたいと思うのは、やはり人間に一〇〇パーセントの健康はない、ということ。人間は病気とともに生きている、病気の巣であるということ。それから自分の体のバランスを崩して病気を表に出すようなことをしないためには、なみなみならぬ日常の努力というものが必要だということ。その努力はかならず報われるのではないか、というふうに思う。

人間というのはひとりひとり全部違います。「天上天下（てんじょうてんげ）　唯我独尊（ゆいがどくそん）」という言葉をぼくは、人間はひとりひとり全部違うというふうに解釈しているのです。ひとりひとり違う人間に普遍的な真理をあてはめて治療するというのが、そもそも無理なのです。ひとりひとり違う自分というものをようくつかまえて、自分というものがいったいどういう存在なのか、ということを、時間をかけて、十年でも二十年でもかけて本当の自分探しをする。そして自分の体の発している言葉が理解できるようになる。これはやはりやる必要がある、というふうに思います。

ぼくはだいたい二十年かかって、やっと今、自分の体が発している信号とか、言葉とか、訴えかけとか、そういうものを聞く耳が持てるようになってきたような気がするのです。いろんなとき体は自分に向かって語りかけたり、訴えたり、あるいは悲鳴をあげたりしている。やはり聞く耳を持たないというところから、病気とか健康の崩れとかといったものが出てくるのではないか、というふうに思います。

そのためには、他の人に通用することが誰にでも通用するかと思うと、そんなことは絶対にないので、自分ひとりにしか通用しないことがある。人間はひとりひとり全部違うのだ。そして今日の自分は明日の自分ではない。昨日の自分が今日の自分ではない。今の自分というものと真っ正面から向きあうということは、たんなる健康法とかノウハウの問題ではなくて、人生観の問題だし、思想上の問題だし、生きてゆく上での信念の問題だ、というふうに思います。

大げさになってきたけれども、ぼくはとりあえずそんなふうに自分というものの存在を考えて、自分の体と向きあいながら、一日一日、綱渡りみたいにして生きてきて、なんとか今日までお医者さんや病院などの世話にならずに生きてこられたということを、この葉書をくださった二児のお母さんに、お話ししたいと思います。

第四夜　悲しみの効用

三十八歳のサラリーマンです。

もともと子供の頃から気の強いほうではなかったのですが、就職してからは、男らしく、周りに弱いところを見せないようにして、自分で自分を叱咤激励（しったげきれい）してやってきたようなところがあります。そのかいあってか、会社でも、家庭でも、神経の太いしっかりものに見られているようです。

しかし最近、ふとしたことで動揺してしまうことが多くなり、肉親の不幸などにでも、自分でも抑えがたいほどふさぎこんでしまい、そのため仕事も手につかないようになってきました。なんとか自分で立て直そうと思うのですが、悲しみを以前のように紛らわせることが難しいのです。このままですと先行きがとても不安になります。五木さんは、そんな自分の弱さにどう対処しておいでですか。

〈サイトウヨシアキ〉

笑うことと泣くことは背中合わせの一体の行為

先日の新聞に、前に取りあげたオーストリアの精神医学者・フランクルが亡くなったという記事が出ていました。もう一度くり返してご紹介しておきますと、彼の著書は『夜と霧』という邦訳名で日本でも刊行されていますが、この本は、強制収容所における彼の体験を冷静につづったレポートです。

第二次世界大戦中に、ユダヤ人たちの多くが、ナチス・ドイツによって隔離され、強制収容所でたいへん悲惨な運命をたどりました。フランクルもそのなかのひとりとして、家族とともにアウシュビッツに収容され、家族は全員そこで亡くなってしまって、彼だけが奇蹟(きせき)的な生還を果たします。この本は、その収容所での日々の思い出をつづったドキュメントで、世界中で広く読まれました。

その『夜と霧』のなかに忘れられないエピソードとして、アウシュビッツのような極限状態のなかで、人間が生きていく上で何が必要かという、そのヒントになるようなことがいろいろ出てきます。

第二夜では小さなことが人間に生きる力を与える、ということをお話ししました。そのほかにも、たとえばこんなエピソードがあります。

「こういうなかで生きていくには人間は笑うことが必要だ。ユーモアが必要だ。だから、一日にひとつずつ何かおかしくておもしろい話をつくりあげよう。そしてそれを披露しあおう」と決意します。そして、ガス室で処理された人びとをスコップで穴のなかに放りこむという、そんな恐怖と飢えの日々のなかで、おたがいに何かひとつずつおもしろい話をつくりあげてはそれを披露しあって、力なく笑う。そして、毎日、一日に一回、ジョークなり、ユーモアのある話なりをつくりあげては語り合うことを繰り返したというのです。

人間というものは、ぎりぎりの極限状態のなかでさえも、笑うということによって生きていく上でのエネルギーを得ることができる。あるいはこわばった心を解きほぐすことができるのです。笑うということは非常に大事なことであり、ユーモアというものが人間の大事な知的活動であるということは、昔から言われつづけてきたとおりです。

しかしながら、それとは逆に、お便りにあるように笑いと反対のこと、つまり悲しむとか、泣くとか、涙とかいうものはなぜか、笑いやユーモアの大事さが言われれば言われるほど、逆にそれは毛嫌いすべきもの、非難すべきもの、克服しなければならないもの、手を触れれば汚れるようなものとして、戦後何十年かのあいだ疎んじられてきた気がします。

しかしはたして、単純に笑うことが善で、泣くことが悪であるのか。喜ぶことは人間の精神や肉体にいい影響を及ぼし、悲しむということはマイナスの影響しか与えられないのかと考えてみますと、ぼくはそうではないのではないかと考えます。

笑うということと泣くということとは背中合わせの一体の行為であり、泣くことを知っている人間だけが本当に笑う。馬鹿笑いではなくて、心の底から人間の命を支えるような「笑い」というものを知ることができるのではないか。暗い気持ちのなかにじっくりと沈潜(ちんせん)することのできる人間だけが、本当の明るい前向きの希望というものをつかめるのではないか。悲しみというものを知っていなければ、本当の喜びというものは生まれないのではないか。

悲しむ、たとえば涙を流すという行為にも、笑いにいろいろあるように、本当に心から泣く、心から深いため息をつく、そして全身をなげうって、大地をたたいて慟哭(どうこく)する、というようにいろいろあるはずなのですが、しかし、こういう体験はぼくたちにはあまりないのではないか。

よく高校生たちが甲子園で野球に勝って泣き、負けて泣きますが、あれはまだ子供っぽい、いわば動物としての条件反射のようなものだろうと思います。そうではなくて、他人のために泣くこともできる。あるいは自分の無力さというものを感じて、思わず無念の涙がこぼれてくる。こういう泣きかたもじつはあるにちがいない。ひょっとしたら、私たちは泣くことによって魂のこわばった、干からびた状態を癒(いや)すことができるのかもしれないのです。

「プラス思考」という言葉がひとしきり言われましたが、安易なプラス思考というのはたんなる楽観主義にすぎないとぼくは言いつづけてきました。本当のプラス思考というのは、究極のマイナス思考のどん底から、どういうふうにして伸びていこうか、立ち上がっていこうかという、そういう覚悟が決まったときに見えてくるものではないだろうかと思うのです。

明るさと暗さ、笑いと涙、あるいは悲しみと喜び、こういうものは、たとえば男と女、父と母、昼と夜、そのどちらが大事かとは言えないように、背中合わせに重なっていて、片方を知る人間こそが片方を知る。夜の闇（やみ）の暗さや濃さを知っている人間だけが、朝の光や暁の光を見て、朝が来たと感動できるのではないか。あるいは、日中の激しい炎天のなかで生きつづけてきた人間だけが、黄昏（たそがれ）がおりてきて、やさしい夜が訪れてくることの喜びを知ることができるのではないか、そんなふうに思ったりします。

日本人は「泣く」ことを文化として洗練させてきた

昭和十六年に有名な民俗学者の柳田國男がおもしろい論文を書きました。「涕泣史談」という文章です（講演の後出版）。この文章については早くから宗教学者の山折哲雄さんも鋭い分析をなさっていますが、ぼくの自己流の読みかたをお話ししましょう。

この昭和十六年という年は、太平洋戦争が始まる年ですが、運命を決するような大きな戦争に飛びこむその半年前の日本の世相を見て、柳田さんは「涕泣史談」を書かれた。そして、そのような文を書こうと思った動機に触れて、「どうも最近、日本人が泣くということが妙に少なくなったような気がする。これはなぜだろうか」という疑問がきっかけになったと言っています。

ぼくはそこで柳田さんが考察されている結論についてはかならずしも賛成ではないのですが、その結論に至る説明は非常に興味深くておもしろいと思います。

柳田さんは、日本人は古来、非常によく泣く民族であったというのです。

しかもその泣くというのも、ただ子供のように泣く、悔しいから泣く、自分のために泣くということだけではなくて、言葉で表現できない万感の思いというものを、あるいは他人に自分の悲しみというものを伝えるために、言葉ではペラペラと上滑り(うわすべ)していくばかりで、うまく言えば言うほど誠が消えていくから、そのために、泣くという身体的表現を通じて相手に自分の悲しみを伝えようとした。そういう、いわば、洗練された文化として日本民族は「泣く」ということを遺産として育ててきたのだというわけですね。

男が泣くということに関しては、丸谷才一さんも「男泣きについての文学論」のなかでいろいろと触れられていますが、神話のなかの須佐之男命(すさのおのみこと)も泣く、『平家物語』のなかに出てくる武将も泣く、俊寛(しゅんかん)も芝居やお能のなかで泣く、光源氏(ひかるげんじ)もしょっちゅう泣く、源義経(みなもとのよしつね)なんていうのは武将ですが、吉野で泣き、安宅(あたか)の関(せき)で泣き、奥州(おうしゅう)で泣いて、あの男は泣いて国民的なヒーローになったんだ、などと悪口を言う人もいます。

それ以後もたくさんの人が泣くという場面を芝居や物語のなかで示してきていますし、江戸時代は近松の描く物語のなかの男女も、よよと泣き崩れますし、明治に入っては『不如帰（ほととぎす）』とか、『金色夜叉（こんじきやしゃ）』とか、そういう涙っぽいものがたくさん日本人の心をとらえてきました。日本人はそのように、泣くということを、柳田さんに言わせれば文化として洗練させてきたのです。

そんなふうに、ただたんに幼児的な感情をあふれさせて抑えることができずに泣くということではなく、きちんと泣くべきときに泣くということを美徳としてきた日本人が、太平洋戦争の勃発（ぼっぱつ）直前あたりから急に泣くことをやめてしまいます。なぜなのでしょうか。

おそらく、ひとつは時代のせいだろうとぼくは考えます。その時代というものは、「進め一億火の玉だ」と、大きな戦争のために国民全体がある種のヒステリーのような状況で、まなじりをつり上げて飛びこんでいく、そういう時代でした。男は兵士として、女は銃後の戦士として、そしてたとえば、母親が自分の最愛の息子を戦争で失い、帰ってきた遺骨を渡されても、その遺骨を抱いて、号泣することなどできにくい時代でした。

その頃の新聞にはよく「軍国の母、美談」などという記事が載っていたのを記憶しています。そのとき、母親は静かにほほえんで「お国のためによく死んでくれました。来年の四月には靖国神社の桜の下で会いましょう」と言ったなどという記事が軍国美談として麗々しく新聞の社会面のトップを飾るような時代でしたから、泣くということが素直にはできにくい時代だったのかもしれません。

では、戦争が終わって、私たちは盛んに泣くようになったかというと、そうではありません。私たちは敗戦のその日から新しい経済大国へ向けて「経済の戦争、豊かなものづくり」という戦いの真っ只中に飛びこんでいくわけです。きのうまでの兵士は新たな生産のための有能な勤労者として頑張らなければいけない。そして私たちは、営々として、経済戦争という戦争に従事しつつ、前向きに、積極的で、明るく、戦うということを美徳としてやってきた。それが戦後の日本人の状況だったのではないかと思います。

そして、奇しくも戦後五十年の境目で阪神・淡路大震災のような大きな事件が起きた。ぼくたちは九州にいる人間も、北海道にいる人間も、東京に住んでいる人間も、あたかも冷水を浴びせかけられたような、そういうショックを受けたと思います。わずか何十センチかの直下型の揺れで、あんなにももろく、物の豊かさや科学の成果というものが崩壊してしまうのか、「物」ってけっこう頼りないものなんだな、「心」ということを放ったらかしにしてきたけれども、ひょっとしたらもっと大事にしなければいけないのかもしれないと思いはじめた。「心の時代」などと言われて、宗教などということもちらほらと話題になってくる頃でした。

そういう時期、折しも翌々月には地下鉄サリン事件が起こり、オウム真理教の事件が起こり、ぼくたちは二度、冷水を浴びせかけられたような、そういう感情を味わったのです。いやあ、「物」も頼りにならないけれども、「心」というのもちょっと危ないのではないか。宗教なんていうものに安易に近づいてはたいへん危険なことになるかもしれない。

物も頼りにならず、心も危ないとなれば、何を頼りに、何を目標にぼくたちは生きていけばいいのか。いろいろなものが現れては消えるのだけれど、決定的なものは何も見出せないままに、ぼくたちはさらになんとも言えない混乱の時代を今、過ごしているわけです。

その間にも驚くべき犯罪が次々と起きてきた。そして、一方ではみずから死を選ぶ人たちの数が交通事故の何倍という規模で激増していく。これは本当に信じられないくらいの数なのです。

心から泣くという経験

そういうなかで、ではどうすればいいのかということは簡単には言えませんが、ぼくたちがこれまで一方的に無視してきた人間の感情というもの、たとえば「喜ぶ」だけではなく、「悲しむ」ということも大事なのではないか。笑うだけではなくて、涙を流す、あるいは泣くということ、それも、本当の意味で人間がなんとも言えない涙をこぼすということも、人間にとっては大事なことなのではないかというような考えかたが少しずつ頭をもたげてきているような感じがします。

そのとき、間違えてはならないのは、泣けばいいというものではないということです。悲しめばいいというものでもない。本当の涙というものもあるだろう。本当の涙から本当の笑いが生まれてくるということもあるだろう。

アメリカのユーモア文学の大家であるマーク・トウェーンさんが「ユーモアの源泉は哀愁（あいしゅう）である」と言ったと開高健さんが書いております。人間的な悲しみのなかからこそ本当の人の心を解きほぐすユーモアというものが生まれてくるのだ。ただ明るいだけ、おもしろいだけのところから生まれてくるユーモアは本当のユーモアではないというふうに言っているそうですが、なるほどという感じがします。

ぼくたちは今、あらためて大事なものをもう一度、ちゃんと見定める必要がありはしまいか。泣くということもその泣きかたによっては人間にとって非常に有効な役割を果たすのかもしれない。悲しみを知るということによって、逆に人間が生きていく上での喜びというものをつかみ取ることができるのかもしれないのです。

お便りにもあったように、ぼくたちは涙とか、そういうものに対して生理的な反発をおぼえるようになっています。そしてそういうものを恥ずかしいと思う気持ちがあります。それはぼくたちが本当に浅い泣きかたしか見ていないからだろうと思います。

たとえば中近東で空爆にあって、そして自分の肉親たちを失った母親たちが地面をたたいて号泣するような姿を見て、それを笑えるという人はいないのではないかと思います。そしてぼくたち自身が戦後五十年のあいだ、本当にそういうふうに体ごと投げだして号泣する、慟哭（どうこく）するというような、そういう体験があったのか、なかったのか。ちょっとしたセンチメンタルな映画を見てポロッと涙することはあっても、おそらく本当に泣いたという経験を持っている今の若い人は少ないのではないかという感じがします。

良寛和尚の無言の涙

この間、新潟へ行って、「良寛会」という良寛さんを慕う人たちの集まりで、こんなエピソードを聞きました。典型的なお涙頂戴の話なのですが、ぼくはそれを美しい話だと思いました。そういう話を頭から笑い飛ばすとか、パロディーにするとかいう精神のほうが不健康じゃないかという感じがしたのです。

良寛さんという人は新潟で生まれて、晩年を新津に近い山中で過ごした名僧です。良寛さんの弟さんに馬之助という息子さんがいたそうですが、この人が放蕩息子で、家業を放ったらかしにして酒色に溺れてどうしようもない。それでその父親が困りはてて、自分の兄である良寛さんのところへ来て、馬之助に何か忠告してやってくれないかと言って頼みこんだ。

良寛さんは「わたしにはそんなことはできん」と言ってしきりに辞退したのですが、じつの弟の頼みですからしかたなく、気が重いながらもその家に行ったというのです。

そして馬之助を呼びだして、前に座らせて何かお説教をしようとするのですが、なんにもうまい言葉が出てこない。本人を前にしてどういうふうにお説教をすればいいのか。月並みな言葉も出てこないし、自分の一生をふり返ってみても、人に何か言えるような自分でもないという思いもあったのかもしれない。結局三十分ぐらい向きあったまま黙って座っていたものの、ついに何もまともな忠告をすることができずに良寛さんは席を立って帰ろうとしたのです。

それで座敷の上がりかまちのところで自分が履いてきたわらじを履こうと腰を屈めたら、さっきまで仏頂面で座っていた馬之助が駆け寄ってきて良寛の足元にひざまずいて、わらじの紐を結ぼうとした。そしてわらじの紐を結んでいると、馬之助の手の甲にぽたぽたと何か落ちてくるものがある。ふっと見ると、良寛和尚が自分の顔の上で目にいっぱい涙をためて、じっと見つめていたというのです。

話はそれだけなのです。それだけで、その後、はたして馬之助という男が改心して真面目になったか、ならなかったかということは聞きませんでしたが、たぶん真面目になったという結論でしょう。絵に描いたようなお涙頂戴の伝説ですが、こういう話があって、また今もこういう話を大事にしている人たちがたくさんいるということを、ぼくたちはむしろ大切にしたいと思うのです。

馬之助に向かって何も言えなかった。人間にはつらいことも悲しいこともあるだろう。両親の忠告を押し切ってまで放蕩して、自分を破滅に追いこんでいるような人間にはどうしようもない何かの悲しみがあるのかもしれない。そんなことをいろいろ考えながら、また自分がどれだけの人間であるか、人にそういう説教ができるような人間なのかと考えると、一語も発することができない。わざわざ来たけれども、馬之助を前にして何も言わずに戸惑っている。そういう良寛の無言の戸惑いを、頭ごなしに何か言われると思っていた馬之助はどんなふうに考えて座っていたのか。しかし、とりあえず、悄然として立ち上がり、わらじを履こうとした良寛の足元に馬之助が駆け寄って、わらじの紐を結ぼうとしたということだけでもやはりじーんとくるものがあります。

そして、その手の甲にぽたぽたと落ちた良寛の涙、これなどまさにメロドラマといいますか、お芝居の典型的な場面ではありますが、しかしこういう話を馬鹿にして、笑い飛ばすようなぼくたちの今の感覚のほうがいいのか、それに何かふっと心に感ずるところがあったほうがいいのか、それはわかりません。

けれども、今、ぼくたちはどちらかというとたいへん乾いた、そして人間的な感情というものをむしろ忘れてしまった時代に生きている。感情というのは大事なことなのですが、なぜか今は感情的というと、短気な人とか、すぐにヒステリーを起こす人のことを「あの人は感情的でいけない」などと言います。では感情がまったくない人間がいいのか。無表情でプラスチックのお面をかぶったような人間がいいのか。

ぼくたちは悲しいときには本当に身をよじって悲しみ、喜ぶときは本当に胸を張って喜び、そして泣くときにはちゃんと泣き、笑うときには大きな声で笑う、そういう感情的な人間の姿をもう一度取り戻す必要があるのではないかと思うのです。

悲しみに浸ることでも命(いのち)がよみがえる

昔、ＮＨＫがアメリカの医科大学で行われた実験を放送したことがありました。それは被験者の人たちの体に電極をたくさんつけて、その人たちにすごく楽しいこと、おもしろいことを見せるわけです。その人たちが笑ったり喜んだりする、そのことによってその人たちの体から伝わってくる情報をビジュアルにモニターに再現すると、本当に心の底から嬉(うれ)しい、そういうふうに思った人々の細胞が活発に活動を始めて自然治癒(ちゆ)力が高まっていくというのが目に見えるようにそこに表現されていたのです。これにはびっくりしました。人間の感情というものが免(めん)疫(えき)力や自然治癒力とどんなふうに関係しているのかということが、目で見てわかるように表現される時代になったということは驚くべきことだと思いました。

しかしその実験にはあとがありました。それはそこに集まっている被験者の人たちに電極をつけたまま、生涯でもっとも悲しかったこと、もっともつらかったこと、せつなかったことを回想してもらうのです。みんな腕を組んだり、うなだれたりしながら一生懸命考えこんでいきます。そのうちに何を思い出したのか、ぽろぽろ涙をこぼしだす人さえ出てくる。

そうしますと、どうなったかというと、体の細胞の動きがどんどん活発になってきて、脳の神経のシナプスと盛んに交流を始め、自然治癒力が劇的に高まっていくという様子がモニターのブラウン管にくっきりととらえられていたのです。

ぼくは本当にびっくりしました。科学の凄さにも驚きましたけれども、それよりも本当に喜ぶのと同じように、本当の悲しみのなかに自分がじっと浸ることによっても、人間の命が生き生きとよみがえってくるのだなと、喜ぶことと同じように悲しむことも人間にとってはプラスなんだなとわかって、そこであらためてびっくりしました。

べつにここで泣けとか、悲しめとか、寂しがれとか、そういうことを強制しているわけではありません。

ただ、簡単にあの人は暗いとか、そして自分で泣きたくなったときに、安易にいろいろな楽しいことに気を紛らわせることでそこからぬけよう、ぬけようとしている生き方ははたしてどうなんだろうか。ぼくたちは自分が悲しいと思ったときはその悲しみをまっすぐに逃げずに受け止めて、そして心の底から悲しむ。本当に悲しむときに悲しめないことこそ、むしろそれは不健康なのではないかと考えるのですが。

第五夜　職業の貴賤（きせん）

五木さん、今晩は。いつも楽しく拝聴させていただいています。

私は現在二十歳、小さなお店の店員として働いております。家庭に恵まれ、私の意見を尊重し、協力もしてくれるあたたかい家族です。私の職業について批判めいたことを言わず、頑張りなさいと応援してくれます。それを励みに毎日頑張ってはいるのですが、友人たちと会ったとき勤め先の話になると、なぜかためらってしまいます。母は職業に貴賤（きせん）はないと言うのですが、やはり社会には階級があるように職業にも階級があるのが現実なのでしょうか。そして、それは何を基準にして人生の先輩たちは決めるのでしょうか。五木さんのご意見をぜひお聞かせください。

〈東京都豊島区　渡辺リサ〉

建て前と現実

うーん、なるほど。「職業に貴賤はない」、よく言われる言葉です。それは建て前としてそう言われるのだけれども、実際に職業というものに対して、われわれはそこにいろんな判断をしています。たとえば「いや、いいところにお勤めで」とか、名刺の肩書を見て人を判断するとか、学歴で判断するとか、いろんなことがある。それはたしかにひとつの問題だと思いますね。

はたして職業というものに階級があるのか、現実には何を基準にして決めているのか、という非常に切実なお便りがありましたので、今回は、職業に貴賤はあるのか、という問題について少し考えてみたいと思います。

「職業に貴賤はない」と、昔からよく言われます。つまり、これは立派な職業であるから尊敬すべきであるとか、これは卑しい職業であり、たいしたことがないから馬鹿にしてもよろしいとか、そういうことは許されない、という話なのですね。だけど、それはやはり建て前なのです。

人は一生懸命その職業に打ちこむことによって社会に貢献し、生活の資を得て、生きていくわけだから、どういう職業でもこれは立派、これは駄目、ということはないというのはわかる。あたり前ですね。けれども、現実に世間の人たちがそれについていろんなことを言うのは、何か違う。みんなが「羨ましいね」とか「いやー、カッコいい」と言うのと、「えーっ、あんなことやってるの」と陰で馬鹿にしたような口をきくのと、やはりありますね。

それは当然、職業に限らず、大学だってそうだし、学歴だってそうだし、物にも値段があったり、ブランドにも階級がある。つまり、貴賤はないと言いながらある。建て前としてそういうものはないと言いながらじつはある。

この建て前としてはないと言いながらじつはあるというのが、やはり人間の世の中の欺瞞性というか、不条理なのだろう。つまり、本音と建て前というのはかならずある。あってはいけないと言うけれども、本来あってはいけないものがこんなに根強くある。その現実にぶつかって、そこで戸惑う、あるいは悩んだりする。

　この手紙をくれた彼女も友達と話をしているときなどに、つい勤め先の話が出てくると口ごもってしまう、というのは自分自身でもちょっと気が引けているからですね。自分自身で気が引ける。「小さなお店」というふうに書いてあるから具体的にはわからないけれども、友達が一流の企業、エレクトロニクスの新しい会社だとか——昔は銀行が一流とか言ったのだけれども、最近は銀行なんてたいしたことないし、大蔵省だからって威張れないけれども、人も羨むようなところに勤めている。

　でもたとえば、一流と言われるデパートに勤めている店員さんがいるとすると、そのデパートのなかでも男性のネクタイ売り場には、若くてきれいな女の子を置いて、食料品売り場はこうだとか、あるいは店員のなかでも、デパートの正式な店員とアルバイトの女の子と、テナントの会社から来ている派遣店員と言われる人たちがいて、その人たちのあいだにはやはり格差がある、とぼくは思います。

具体的に待遇面で違うと思うのですね。それはしかたがないのかもしれない。

　人間というのは、やはりそうなのだ。絵に描いたように、つまり人間的ではありえないので、昔からよく、旅館の番頭は履物を見て客の質を判断するのだから、履物には気をつけなさい、と言われたものです。ヨーロッパなんかでも、いかにもお金を落としそうにない見すぼらしい恰好でレストランに行くと、やはり悪い席へやられちゃうとか、カルティエとか、そんなものがしっくりと身についた、実際はお金がないのかもしれないけれども、気位だけは高そうな人が来ると、いい席に案内するとか、それは実際あります。しかたのないことなのだ。

　どう思われますか、と聞かれたら、もちろん、そんな差をつけるのはよくないよ。ぼく自身もそんな差をつける気持ちはまったくない。けれども、社会の制度のなかで待遇が違いますね。たとえば、一流企業の場合には、軽井沢なんかに社員寮があるのって多いじゃないですか。たとえば放送局もキー局と呼ばれているようなところはそうです。地方のＵＨＦのちっちゃな局とか、間借りしてやっているようなそういうところもあるし、格差はあるし、あってしかたがない。

それはしかたのないことだけれども、しかし人としてつきあう場合には、大きなところでだらだらやっている人間より、小さなところで頑張ってやっている人のほうが、好ましく思えませんか？　とくに大蔵省だなんだかんだと肩書を笠に着て、若殿さまなんて言われている人間なんて、内心ではやはり馬鹿にするでしょう。

職業と、人間の好意とか好感とか、つまり、あの人ってほんと感じがいいよね、好きだよねとか、すごくいい人だよねとか、人から愛されるということは、立派な店に勤めていても、小さな店に勤めていても、あまり関係がないですね。むしろどちらかというと社会的階級が上でないほうが人間の好感や愛情というのは、受けられやすいのではないだろうか。利用しようと思うときには、やはり肩書のいいほうとつきあうでしょう、これはお金がありそうだとか。そういうのって逆に言うと可哀相といえば可哀相ですね。

それは社会的に、普通の目で見ると世間の人たちがちょっと階級的な偏見で差をつけることはある。それはしかたがない。だけど、この人にぼくは言いたいけれども、家族や友人や恋人や、いろんな人たちに好かれたり愛されたり尊敬されたり好感を持たれたりするというのは、あまり職業とは関係ないだろうと思う。仮に関係があったとしても、本当の意味での愛情とかというものは、その人の立場とかなんとかを超えていると思います。

たとえば、フーゾクという言葉があります。風俗の世界で働いているとか、そう言うけれども、本当に愛してしまえば、一流大学を出た良家の子女ふうのお嬢さんよりも、そっちのほうがうんと好きだということもあるので、そういう階級差などは消えるのではないでしょうか。

つまり、階級性とか職業の貴賤とかというのは人間の感情とか精神的な面で乗り越えられそうな気もするのですが、乗り越えられない場合もある、ということですね。そのへんをもうちょっと突っこんで考えてみたいと思います。

理想を掲げて

職業の貴賤という問題なのだけれども、これはもう職業の貴賤という問題だけでなくて、人間の社会には、こうあるべきだとか、本来こうなんだとか、そういう建て前というものがあっても、現実にはぜんぜんそれがそうでないということはある。人間の社会というのはもともとそういう矛盾とか不条理とかに満ちているものだ、というふうに思ったほうがいいですね。

われわれ戦後に育った人間というのは、日本の憲法に国民は健康で文化的な生活を営む権利があるというふうに保障されている、憲法で保障されているのだから、あたり前じゃないかというふうに思うけれども、それもやはり建て前なのです。健康な生活と言ったって、われわれは老いていくわけだし、病を得るわけだし。生老病死と言うでしょう、そういうものをべつに憲法が保障してくれるわけではないのだから。老化を止めてくれるわけではないし、ガンになったとき憲法が面倒を見てくれるわけでもなんでもない。人間の悩みとか不安とか、そういうものはひとりひとりの問題なのです。

この民主主義というなかで人間が平等であるということを、ぼくらはなんとなく頭から楽天的に考えすぎているけれども、平等というのは、はじめからそういうものとしてあるのではなく、自分たちが闘って勝ち取ってゆくものなのだ。自分たちが平等をつかむのだ。つかまなければ平等なんてものは、放っておいたらなくなるのだと、そういう危機感を持っているほうがいいのではないかというふうに、ぼくは思います。

階級あるいは職業の貴賤ということに関しても世間には偏見がある。それはもうたしかにある。しかし、そういうものをどうはね返していくか、ということだろうと思う。それとともに、世間の偏見があっても、それを柳に風と受け流すということも、ひとつの道かもしれない。あるいはまた別の次元の幸福ということもあるだろう。さっきも言った、本当に愛された人間というのは、昔よくフランスのオペラなんかにあったけれども、その人が売春婦であろうと、あるいは修道院の聖女であろうと、ひと筋にそういう愛のなかに飛びこんでいくので、そのへんはあまり関係がないのではないか。

むしろこの葉書をくれた人は、お母さんとか家族が人間的に理解もしてくれるし、励ましてもくれる。すごい幸せな人ですね。どちらが幸せかというのはわからないけれども、傍目も羨むような立派な肩書の名刺を持っていて、氷のような冷たい家庭のなかで孤独に生きている人もいるし、人の幸せ不幸せというのはすぐにわからない。ぼくはいつも言っていることなのだけれども、人間はある程度長く生きて、その決算で見なければ、二十歳の今——これはたった一度きりの「今」なのだけれども、先のことはなかなかわからないですよ。

　だけど、現実に友達といろいろ話しているとき、自分の勤め先が誰に言っても知られていないような小さなお店である、そのことで引け目を感じるという気持ちはよくわかる。人間ってそういうものなのだね。

　たとえば、もっともっと深刻な問題もたくさんあって、民族の問題とかいろいろそういう問題を考えると、偏見を持ってはいけない、人間は平等でなければいけないと言うけれども、それは人間の理想である。つまり、理想というのは目標として掲げて、そのために自分たちが頑張ってやっていくものである。

　なぜ理想を掲げなければいけないのか。ほったらかしにしておくと、世の中はやはり弱肉強食のジャングルみたいなものだし、人間はオオカミみたいなところがあるし——そうだというふうに考えたほうがいいよ。世の中の人たちは階級的偏見を持っている、持っていてあたり前だ、というふうに覚悟しておくと、そのなかで、そういう偏見をまったく感じさせないで、ひとりの人間として自分を扱ってくれるような友達なり恋人なりと出会ったときに、感激するじゃないですか。ぼくはそういうふうに思うのです。

なんでもかんでも期待していると、いいことがあっても、あたり前にしか感じられないけれども、いやぁ世の中なんてのは偏見に満ちていて、そんな人間的な人と出会うことなんか少ないんだ、というふうに覚悟して生きていると、そのなかで、そういう勤めているところがどうだこうだとか、職業とかに関係なく本気で親しくつきあってくれる友達がいたら、それは期待しないぶんだけ喜びが大きいじゃありませんか。

そういうときにはやはり素直に感激して、そのことを謙虚に感謝する。こういうことのほうが幸せだというふうにぼくは思います。べつに今の状況に安住せよ、ということではなく、大きな声で世の中は間違っていると言って、そのことを呪ったり罵ったり、ひとりで傷ついたりするよりは、心やすらかに生きられるのではないだろうか。

職業の問題だけでなく、世の中や人生というのはそんなに美しいものでもなければ絵に描いたような幸福なものでもないのです。

第二夜でも述べましたが、幸せの青い鳥を見つけにいったチルチルとミチルが、結局、自分の部屋のなかに青い鳥がいたということに気づく、そのことに気づいた瞬間、青い鳥はばたばたと羽ばたいてかごから抜けだし、空高く飛び去ってしまう。人間は青い鳥というスーパーバードをつかまえて、それさえ手に握りしめていればなんでも解決する、などということはないのだ、と。人間は永遠に求められないものを求めて、あがきながら生きていく。それがやはり現実なのだろうと思いますね。

だから、やはり人生はつらいものだ、というふうに考えたほうがいい。すごくおかしなところもたくさんある。それをマイナス思考と言ってはいけないと思う。

マイナス思考といえば、そういうことを考えて覚悟を決めたときに、たとえば『脳内革命』の言うノルアドレナリン、要するに悪い脳内ホルモンがどんどん出て、その人の心身を悪くしていくという考えかたがあるけれども、それは違う。人間は覚悟した瞬間に、逆に良い脳内ホルモンが出るのだと思う。

人生というのは、そんなにやさしいものでなく、厳しいものであり、残酷で不条理なものである。しかし、そのなかで、なんとか自分は生きていく、そして自分が本当の何かを見つけるのだ、と決めたときに、それはむしろ良い脳内ホルモンが心身に充(み)ち満ちてくるのであって、安易なプラス思考ではぜんぜん駄目だ、というふうにぼくは思いますね。

人間は笑うのと同じように、泣くというのも大事なことだ。喜ぶと同じように悲しむというのも大事なことだ。そして本当に人間的な悲しみを悲しんだとき、人間の心身には、むしろそのカタルシスというか、良い影響がある、というふうにぼくは思う。

ガンの療法に落語を聞かせるという人がいるけれど、落語を聞かせて心身が活性化する、その可能性はあるだろう。しかし、たとえば泉鏡花の『義血俠血』（『滝の白糸』）を読んで滂沱と涙を流しても、アメリカでの実験のように、やはり細胞が活性化するということはあるだろう。両方あるだろう、というふうに思います。

とりあえず、人生というものをあまり夢のように甘く見ないで、人生というものは厳しいものだと覚悟して、そのなかであたたかいものに触れたとき、躍りあがって喜ぶというほうがいいのではないかな、というふうにぼくは思ったりもしますね。だって、なんでも手に入ってしまったら、それ以上、欲しいものがなくなるでしょう。答えにはならないと思いますけれども、ぼくはそんなふうに考えたりすることがあります。

第六夜　受験と就職

五木さん、こんばんは。ぼくは医学部を目指す大学受験生です。さて、センター試験が目前に迫っていますが、五木さんは受験というものをどうとらえていますか。ぼくは自己成長のひとつの機会としてとらえているのですが、五木さんの意見を聞かせてください。〈京都　山田洋士〉

前略　五木さん　私は今大学四年ですが、まだ進路が決まっておりません。昨年の四月、五月、あせる気持ちからリクルート・スーツを着て就職活動らしきことも少ししました。しかし自分のなかで何か納得(なっとく)できないものがあり、結局はこれといって成果もありませんでした。皆がそういうわけではないのですが、私の周りの人たちは、ただ漠然(ばくぜん)とリクルート・スーツを着て、どこかのサラリーマンになろうとしているだけです。自分が将来、何がしたいとか、とくに考えているわけではありません。手短に言えば惰性です。私にはそんなことはできません。自分はもっと信念を持って自分の道を生きていきたいのです。目先の就職はしたくありません。五木さんはそう思いませんか。ご意見、お聞かせください。〈福岡県北九州市　タカギ〉

自己成長とは

京都の山田君は受験を控えた、おそらく高校生ですね。後者の北九州のタカギさんは大学四年生、就職というものを目前に控えて、惰性で就職はしたくない。一方、受験生の山田君は受験というものをたんに階段を上がるための儀式としてとらえるのでなく自己成長のひとつの機会としてとらえたい。こういう前向きな意見です。

いずれにしてもこのふたりは受験と就職とそれぞれ違うけれど、ぼくは似たような場所に立っていると思う。受験も自分の今までの生活から新しい別の学校へジャンプしていく再スタートの地点ですし、大学を終わって就職というのも人生の大転機です。

そういうふうに考えると、受験と就職、このふたつを一緒にとらえて、両方それぞれ立場の違いはあるけれども、何か新しいものへ向けて出発するという、このふたりの葉書にぼくなりに答えてみたいと思います。

まず受験ですが、受験というのを自己成長のひとつのプロセスというふうにとらえれば、それはものすごく前向きのことだけれども、ひょっとしたら社会的な儀礼になっているのではないかなという気もする。つまり本人にとって受験が自己成長のひとつの機会というふうに考えられるだけでなく、その受験生を抱えている親、家族、あるいは学校で受験を指導する先生、あるいは同級生、全部ひっくるめての社会的な儀礼みたいな感じになっているような気がするのです。

受験をするときに、このことをぼくはまず考えるのですが、今の受験生、たとえば山田君はすごく恵まれていると思うのです。受験をする上での経済的な基盤について、さほど心配しなくて済んでいる感じでしょう。たとえば就職して家計を助けないとやっていけないような苦しい生活のなかでは、「受験」という選択はなかなか大変です。

きのう読んだばかりなのですが、ある人がちょうど受験しようとしていたときに、証券会社が倒産し、その関連会社にいた父親も失業してしまった、と。たまたま父親が四十歳代であったために、中高年の再就職はものすごく大変で、お母さんもパートに出なければいけなくなった。彼はできたら東京の私立大学に行きたいと思っていたのだけれども、父親に「ぼく高校でやめて就職して働く」と言ったら、父親が涙を流して、「今さらおまえにそんな苦労をかけると思わなかった。俺は不甲斐ない。なんとしてでも学校へ行かせるから受験しろ」と父親に泣かれたというのです。こういうシチュエーションだったら、受験といっても自己成長のひとつのプロセスというだけでは済まないよね。一家の希望や喜び、悲しみ、そういうものを全部背負って受験するわけだから。

だから、自分の受験だけを考えればいいという立場にあることを山田君はまず感謝すべきだろうと思うね。たとえば受験料の問題とか、合格できた際の入学金や仕送りの問題とか、そのへんをさほど苦労して考えなくても済む立場にいるということを、ぼくはやはり感謝すべきだろうと思う。

人間というのは、自分の置かれた立場というものが普通だ、というふうに思いがちなんだね。周りの友達を見てもみんなそうだ。「今の日本で経済的なことを心配しなきゃいけない受験生ってそんなにいませんよ」と言われると、それはそうかもしれないと思うけれども、これからはそうでなくなってくるとぼくは思う。

すべり止めに、ぼくらの頃でもたくさん大学を受ける人がいたけれども、受けるたびに受験料を払わなければいけないでしょう。ぼくなんか、たったひとつしか受けられなくて、もしもすべったら、大川という木材工芸の盛んな木工所の街があるんだね、大川栄策さんが出たところなんだけれども、そこへ行って木工所に入れなんて父親に言われていたので、この大学をすべったら木工所に行かなきゃいけない――それもいやではなかったけれども、とにかく必死の思いで受けたんだ。三つも四つも受けられる友達がすごく羨ましかった。

そんなふうにまず受験のことだけを考えればいい、そして自分が受験するということに関して、どんな意義があるのか、自分はどのような受験生活を送りたいか、ということだけを考えていればいい立場にあるということを、ああ、自分はすごくラッキーなんだな、というふうに思ったほうがいいような気がします。

今、日本というのは豊かで、そして生活水準も高く、食べていくこととか、お金の問題とかというのはあまり考えなくてもいいような時代に入ってきているんですね。

かつての犯罪といったら、かならず経済的な貧困だとか、食えなくて、というようなことが原因になっていた。最近では、変な言いかただけれども、透明な自分というものが苛立たしい、そして自分の生きている意味が見あたらない、何か心がドキドキするような、そういう行為に身を賭けたいという、いわば哲学的とも言えるような動機で――それを形而上学的という言いかたもしますが、そういう動機で罪を犯す人もいるくらいで、かつてのように食えないからお金をとろうと思ったとか、妹にパンのひとつもあげたいために年寄りのご婦人を襲って財布を奪ったとか、そういう話ではないのです。

戦後五十年たって日本はすごく豊かになった。そして自分たちが食べていくこと、生活のことを子供が考えなくてもいいような時代が長く続いたわけだけれども、しかし、これからはそういかないとぼくは思う。

受験をするということを自己成長のひとつのプロセスとしてとらえるだけでなく、自分は得がたいチャンスを与えられているのだ、すごいアドバンテージを握りしめているのだ、そして自分が受験をして大学へ行くということは当たり前のように見えるけれども、じつはアジア全体とかアフリカとかラテン・アメリカといったところを全部、広く視野に入れると、そういう選択ができるということは類稀なる幸運だ、すごく幸せなことだ、というふうに考えなければいけないのではないかと思いますね。

何もそんなよその国のことを考えることはないじゃないか、と言うかもしれないが、それは違う。「グローバル・スタンダード」と合言葉のように言われているけれど、これから先は、いつも世界というなかでの自分の位置づけというものを考えないとやっていけなくなるはずなのです。

そうすると、今、受験勉強はつまらないとか、灰色の受験生活とか言うけれども、受験に専念できるということ自体が、すごく贅沢なことなのです。

たとえばネパールあたりでは、一年間に三百円のお金を出せば、ひとりの小学生が学校に通えるという。だから三百円ずつの奨学資金を出そう、なんていう小さな運動もあるくらいで、そういう世界が一方にはある。

それは外国の話じゃないか、日本人のわれわれには関係ない、というふうでは、大学へ行く意味など本当はないのだ。大学へ行くというのは、やはり世界中に創造力や自分の視野をひろげていくような可能性のなかに入っていくということなのだから。大学という考えかたそのものがグローバル・スタンダードというか、そういうものなのだから、せめて大学へ行こうと思う人くらいは自分が今世界の若者たちのなかでどういう恵まれた良い位置にあるかということをやはり謙虚に考え、そのことに感謝し、そのなかで受験していく。こういうことを考えなければいけないんじゃないかなと思います。

戦後何十年間、「社会的人間」ということをよくわれわれは言われてきた。人間というのは社会的な存在である、社会的な自己とは何かを考えなければいけない、と言われていたのだけれども、東西冷戦が終結し、イデオロギーとか、そういうものは古くさくて、良くないものだという時代になってきてからは、できるだけ一個人としての人間の内面へ内面へと目を向けていこうという動きが出ているわけです。

でも、それはひとつの方向であって、やはり人間は内側に目を向けると同時に、外側にも目を向ける。つまり、内的人間、たったひとりの選ばれた人間、本当の個人的人間という考えかたと、たくさんの人びとと結び合って歩調を揃えながら、この地球に生きている人間、つまり共存して生きている社会的人間という考えかたと、人間に目がふたつあるのはそのためなのだから、両方を見ていかなければいけないのではないかと思いますね。

彼の言っている「自己成長」のひとつのプロセスとしての受験という、それはそれでとても意義のあることです。受験をたんなる習慣みたいに受け取っていない山田君の考えかたにぼくはすごく賛成です。彼は真面目だし、可能性があると思う。

でも、自己成長というだけではなく、自己と社会との関わりのなかで、社会的人間としての自己も見る。そういう気持ちで、受験に専念できる自分の立場というものを客観的に観察する。そういうところから本当の意味での自己成長というのが出てくるのではないかな、というふうにも考えたりするのですが。

自己責任と職業

一方、就職を控えているタカギさん、大学四年になってあらためて就職のことを考えているというのは一般的に言うと遅い感じがしますけれどもね。ただ、なりたいという気持ちはあっても、今の社会というのはかならずしもなりたいことを選んで自分の生涯の仕事にできるとは限らないんだね。だから漫然(まんぜん)と――と言えばおかしいけれども――大学へ行った上で、何になろうかと考える人はたくさんいると思う。そのなかで、就職というのは大問題ですよ、これから先は。

なぜかというと、さっき言ったように、自分はこういう方向へ行きたい、たとえば山田君の場合ですと医師になりたい、医学をやりたい、と医学部へ行くでしよう。昔は医学部へ行ってインターンをやり、国家試験に通って医師免許を取りさえすれば間違いなく、医者でやっていけた。でも、これから十年、二十年後には、医学部を出たからといって医者になれる保証はないですよ。

ぼくはスペインでたいへん有能な日本人の女性のコーディネーターと仕事を一緒にしたことがありました。彼女のダンナさんは、たしかグラナダの大学の医学部を優秀な成績で出ているのですが、どうしても医者に就職できなくて――変な言いかただけれどもね。イタリアやスペインでは、ほとんどが自分で開業するのでなくて、公務員だという話を聞いたことがあります。そのために、今日本で教育学部を出て国語の先生になりたいと思ってもなかなかなれない人がいるのと同じように、医学部を優秀な成績で出たけれど医師になる道がなくて、結局、どうしたのですか？　と聞いたら、今軍医をやっています、と。軍隊に入るのは比較的、可能性があったみたいなんだね。

明治の頃に当時の東京大学医学部を優秀な成績で出た――森鷗外は結局やはり軍医になるわけだけれども、これから先は、今までのように医学部を出たから医師になれるとは限らない時代になってくるかもしれないし、もっと将来は、医者というのが全部、ひょっとしたら公務員とか地方自治体によって雇われるような立場になっているかもしれない、あるいは医師免許を持っている浪人がいっぱい出てくるかもしれない。そこまで考えたほうがいいよね。

というのは、タカギさんのような、これからリクルート・スーツを着て就職しようという人たちにとってみると、これまでの時代には考えられもしなかったような凄まじい苛烈な時代が、もう目前に来ているからです。

それはどういうことか。今盛んに言われている言葉でいうと、「自己責任」ということですね。これはさっき言ったグローバル・スタンダードのいちばん大きなテーマなのだけれども、自分で責任を持たなければいけない。ということは、就職してもその人生に対して会社は責任を持ってくれない、ということなのです。

ぼくは早稲田のロシア文学科を横に出ているのだけれども、たまたま先日、露文科の同窓会をやったのです。六十歳を過ぎた連中が千葉県の海の近くの民宿に集まったとき、地方で東京の大きな一流メーカーの代理店を経営している――代理店といっても地方では大きな会社です。そのオーナー社長になっている男がいて、彼の話を聞いてぼくはびっくりしたのです。えーっ、現実はそこまで進んでいたのか、と。

彼の会社では生涯、社員の面倒を見るということはしない。つまり終身雇用のように会社へ入ったら退職するまでそこにいられるという保証は最初からしません、いつでも必要がなくなったら辞めてもらいます、と言って入社させるわけね。これがひとつ。

給料は二十代の若い人から定年まぎわの年配のかたまで全部、能率給。その他いっさい定期昇給もなければ、もっと驚いたのはボーナスを廃止したという。そのかわり毎月毎月のサラリーのなかにそのぶんのプラスを織りこんでいく。そして毎月毎月の売上げを見ながら、その売上げの比率に応じて社員の給料を配分していく。もちろん、社長である彼のサラリーも固定ではなく、その月の売上げというか成績に応じて変動する。

これは凄いことなのです。ひとつの会社に十年あるいは二十年勤めたからベテランでいられるかというとぜんぜんいられないわけだし、一生懸命その会社に忠節を尽くして働いたから生涯その会社に在籍できるかというとなんの保証もない。しかも、給料は上がっていくかといえば、能率給ですから、ひょっとすると下がっていくかもしれない。そしてどんどん給料が下がったら、しかたなしに自分から身を引かなければいけなくなるかもしれない。

今、たまたま地方のあるメーカーの代理店でそういう方式を採用したというのだけれども、こういう状態は明らかに時代の方向を示しています。これまでの終身雇用という形態は絶対に崩れてしまう。官公庁は大丈夫と思うかもしれないけれど、これも民営化されたら同じです。ひょっとしたら官公庁の退職年限がすごく早くなるかもしれない。もうひとつは、年をとって長くいれば高い給料がとれるだろうという考えかたも、やっぱり通用しなくなっていく。入社して二年目ぐらいのばりばりと凄い成績をあげる人のほうが、三十年もいてベテランと言われる人より、うんといい給料をとるということも考えられる。

これまでのイメージは、就職というと、その会社に入って会社のバッジを胸につけ、そして名刺をもらったら、自分はその会社の一員としてずっとやっていくんだな、というふうにだいたい思ったのでしょうが、これからそんなことはありえない。はっきり言うと、たとえばパートタイムの連続みたいなもの、あるいはフリーターとして企業に勤める、ということになってくるかもしれない。

もっと端的に言うと、たとえば昔は新聞社がたくさんハイヤーを抱えていたわけです。大きな新聞社には自動車部とか車両部とかあって、そこにハイヤーが何十台何百台とあり、そこで働いている運転手さんも全部、新聞社の社員だった。そのなかで記者が、たとえば大きな事件が起きたというと、社旗を立てたハイヤーで夜中でもぱーっとすっ飛んで走っていくということをやっていたわけだけれども、今は新聞社でも放送局でも、ほとんどレンタルで、よそに車ごと運転手さんも引っくるめて頼んでいるという形です。その形が普通の社員にまでつながってくるだろうと思うのです。

かつてはどの会社も管理部とか清掃部というのがあって、警備員も、廊下を掃除したり窓ガラスを拭いたりする人たちも、階段を掃除してくれる女の人まで全部、社員だった時代があった。今、警備の人たちは警備専門会社から派遣されているでしょう。車そのものもレンタルであれば、車を管理する人たち、運転するドライバーたちも、よその社から来ている。清掃は清掃会社に頼む。電話交換の人だって最近はそうでしょう。かつては交換手もその会社の人間だったからね。

そうすると将来、「その会社の人間」というのはいなくなるのではないか。営業マンだってひょっとしたら戦力のある優秀な人間をレンタルでスカウトしてきて、二、三年働いてもらうというふうになるかもしれないし、まして、コンピューターが使えますとか、プログラマーとしての技術を持っていますとか、そんな人はいくらでも雇ってこれるわけだから、全部がそういう形になってくる時代には、自己責任で就職するという考えかたに切りかえなければいけないね。

医学部も教育学部も、受験も就職も自己責任でしなければいけない時代になってきますよね。

自己責任の扉

そうなってくると何が大事かというと、ぼくは三つあると思う。ひとつはやはり丈夫な体、つまり、きちんとした健康というか体力というか、コンディションのいい体をちゃんと自分でつくって持っていなければいけない。

もうひとつ、体の次は、心だと思うのです。宗教的な意味の心というのではなく、自分の信念とか、自分が生きていく上での目標とか、ポリシーとか、こういうものは全部、心の内ですから、自分はこんなふうに人生を生きていくのだ、こんなふうに働いて、こんなふうに暮らして、こんなふうな家庭をつくるのだ、というしっかりした自分の目標とか希望とかというものが、きちっとできていなければいけない。それを会社あるいはお役所にまかせたり、他の人につくってもらったり、サラリーマンはこうあるべきだなんていう既成のモラルなんかに自分の信念を合わせるわけにいかないと思います。

そうすると、体が大事、心が大事、その次は何が大事か。

「恒産無ければ恒心無し」（孟子）

と、昔の人は言ったのですが、恒産とは一応の安定した経済的基盤という意味です。一応の安定した経済的基盤を持っている人間だけが安定した心を持てる、というふうな言いかたをしているのです。それは一面、真理なのです。

これまでは社会保障というものが発達し、福祉というものも大きな力になっていた。でも、これからは、自己責任という見かたから言えば――それは福祉政策のなかにも期待はできるし、社会保障制度も頼りになるけれども、年金にしても、生活保護の問題にしても、社会保障の問題にしても、自己責任の時代にはほとんど頼りにならないというふうに考えなければしかたがないだろう。

そうなってくると、病院とか医師とか近代科学や医学などに自分の健康をまかせるわけにはいかない。自分の体や心は自分で管理しなければいけない。お寺とか教会、あるいは教育者、思想家、哲学者、そういう人に、自分にかわって人生の意義を考えてもらうことはできなくなってくると思います。

ぼくがこうしていろんなことを喋ったり書いたりするのも、何か自分のなかにあるものを皆さんがたにプレゼントしようとしているわけではないのです。五木さんはそんなことを言っているけれども、俺はいくらなんでもそうは考えないなとか、うん、たしかに五木さんの言っているようなことは事実かもしれない、ひとりひとりのケースによって違うだろうけれども、まあ、それは考える必要があるな、とか、ひとつの議論の場としてぼくは提供しているのです。

かつては、オピニオン・リーダーと言って、若い人たちの意見や希望をみんなその人に託する時代があったけれども、ぼくはそういうリーダーに自分の物の考えかたや思想を託すのは、それ自体が自己責任の放棄だという感じがしてしかたがありません。

百人いたなら百の人生観があり、千人いたら千の世界観がある。それはひとりひとりばらばらだけど、自分の人生観なり世界観なり、目標なり生きがいなり、そういうものをつかまえて生きていかなければいけない。

今、ぼくらは、二十世紀から二十一世紀へというたんなる百年単位の変わり目ではなくて、紀元一〇〇〇年代から紀元二〇〇〇年代へ、紀元二〇〇一年から三〇〇〇年へ——ミレネリアンと言うのかなんか知らないけれども、まさに千年単位の大きな歴史の変わり目に遭遇しようとしているわけです。お上、政府、お役所、国家、そういうものにまかせておけば、なんとなく安心だ、大きな会社を頼りにし、その樹の枝の下で暮らしていれば、なんとかやっていける、というのが全部ご破算になる時代が、これから来ると思う。これまでもそういうことは言われていたが、現実のものとはなっていなかった。

実際問題として、これから受験する人は、受験したからといって、入学後も学校が将来の責任まで見てくれない。学校は場を提供するだけだから、おまえら勝手に勉強しろ、ということだろうと思う。

就職する人に対しても、うちの会社に勤めたからといって、おまえ甘えるなよ、会社がおまえの一生の面倒を見るわけじゃないぞ、うちの会社は、おまえが自分の能力を発揮する場を提供しただけなのだから、頑張って働いてくれよ、期待に添わなければいつでも辞めてくださいということだろうと思う。

実際、ぴんとこないのですが、もう今やそういうところに来ていると思うのです。これまでの受験や就職という考えかたではもうぜんぜん、通用しない時代に入ってきた。つまり強いやつはますます強くなり、弱い人間はますます痛い目にあうという、なんとも言えない残酷な弱肉強食、適者生存の時代に入ってくるのだろうと思います。

これから先は、もう本当にジャングルのような、猛獣とか野獣とか、いろんな動物たちが横行して、おたがいに戦いあって、弱いものは敗れて去っていく、強いものがその場所を独占する。ぼくはそういう時代が来るというのをいいこととは思っていないのです。しかし、否応（いやおう）なしに、好むと好まざるとにかかわらず、市場原理の世界になっていくということははっきりしている。

市場原理の世界とはどんな世界か。有能なもの、大事なものは残るけれど、そうでないものは捨てられるという世界です。これから少子化傾向が進んで、子供が少なくなって年寄りが増えてくると言うでしょう。そうなると、われわれ年を加えている人間はいっぱいいる。いっぱいいる人間なんかに用はない。むしろどちらかというと新しく生まれてくる、少ない、つまり二十代の人間だけを使おう。じゃ二十代の人間は、ありがたいかというと、二十代の人間が三十代になったときにはもう要らないということを言われるかもしれないという、なんとも言えない非人間的な社会にぼくたちは近づきつつあるし、あした来る時代というものは、人間の社会というより、むしろ猛獣の社会のような、ジャングルの社会のような、すごく野蛮な時代が一歩一歩、ぼくらの目の前に近づきつつある、というふうに思います。

だから、手紙をくれた山田君とタカギさん、片方は受験、片方は就職、ともに新しいスタートをきるわけだけれども、自己成長へのプロセスとか、そういうことを言っていられるのはまだすごく幸せな時代なので、外ではものすごい風が吹き荒れてて、受験をして学校に行っても、そして学校を出て就職しても、そういう厳しい、激しい、冷たい風のなかに、素肌を吹きさらされなければならないところまで来ているのだから、しっかり覚悟を決めて——。

しかし、そういうなかでも人間は生きていく。絶対、人間は生きていくのだし、また、そういうなかで自己責任で生きていくという爽快感もある。だけど覚悟はして、これから受験なり就職なりに踏みだしていく。受験とか就職というのは自己責任の扉をくぐることなのだ。そういうふうに考えてもらいたいと思いますね。ずいぶん厳しい、おっかないことを言ったようだけれども、これは間違いなくそのとおりになります。ぼくは責任を持って断言する。そういうなかでタカギさんも山田君も頑張って、自己責任で生きていってください。そういう時代なのだから、しかたがないよね。

第七夜　少年と死

前略、五木さん、今晩は。私は現在、小学四年生の娘と、小学二年生と保育園年長組の息子との三児を持つ、三十九歳の主婦です。最近、ニュースのなかで、中一の生徒が注意を受けた先生を刺殺してしまったり、ナイフをふりまわして人を傷つけてしまう事件が目を引きます。キレるという言葉が耳に残ります。身につまされる思いがしています。五木さんはこのような事件を起こした子供たちの背景をどのように感じておられますか。子供を育てる上で、ご意見を聞かせていただけたらと思い、お便りしました。

〈東京都八王子市　杉沢スミ子〉

キレるということ

切実な問題です。大問題ですね。そのことについてはぼくも先日から新聞に「人を殺すということ」という文章を書いたり、あるいは「キレるということはどういうことか」という文章を書いたこともあります。

たしかに、このところそういう事件が次々に起こっているし、無視して通りすぎることができないくらい大きな問題が露呈している。

「キレる」という言葉は、いつごろから使いはじめられたのか。その前は「プッツン」とか言ったけれども、キレるというのとプッツンとは、ちょっとニュアンスが違うような感じです。キレるというのは、そこで凶暴になるとか、突然、プッツンはプッツンなのだけれども、しかし――。プッツンというのは、プッツンしたあとで黙りこむとか、投げだすとか、さっさと行ってしまうとか、そんな感じがする。プッツン女優っていたね。キレる女優というのはどうなのだろう、キレキレ女優なんていうのは。

キレるというのは、おそらく、昔の言葉で言えば「堪忍袋の緒が切れる」ということだろうと思う。「堪忍袋の緒が切れる」というのは、我慢に我慢を重ねていたけれど、もう忍耐できないという状態です。つまり、人間はいやなことがあっても腹が立っても一生懸命、堪忍という袋のなかへ押しこみ、袋の口を紐でぎゅっと固く縛って、その怒りや腹立たしさや苛立ちが表へ飛びださないようにしているのだけれど、あまりにもたくさん詰めこみすぎて、もう我慢ができなくなってくると、ぷつっ、と堪忍袋の緒が切れ、なかから、それまで堪忍していた我慢が、ばばばっとイナゴのように飛びだしてくるという状態を、「堪忍袋の緒が切れる」と言ったのですね。

そのほかにまた感覚的に、あんまり腹が立ってカーッときたので頭の血管が切れたとか、そんな感じもある。とりあえず、我慢できなくなった。それも我慢に我慢を重ねて、ここで辛抱しよう辛抱しようと思いながら、それが爆発したというような感じではなく、何か黙って聞いているうちに突然、ぷつっ、と音がして、自分が何をやっているかわからないまま相手に飛びかかった、という状態を、キレる、と言うのかもしれないという感じがしますね。

キレるというのは、今の時代をよく表現しているような気がする。政治家が突然やめるなどと言いだすのもキレるということだし、ぼくらでもあります。ただ、われわれの場合は、しだいしだいにそういう感情が高潮してきて、ある一定の水準を超えたとき、コップから水がざーっとあふれるようにキレるのだけれども、今の「キレる」という言葉で言われる状態は、それまでにこにこ笑って冗談なんか言っていたのに、何かのひと言が突然ぱっとその人間を豹変させ、それでキレちゃうという感じもあって、ちょっとつかみにくい感じがしないでもありません。しかし、今の時代のひとつのシンボリックな言葉なのでしょう。

今年（九八年）一月に中学校の生徒がバタフライナイフで英語の女性の先生を刺し殺したという事件は、やはり凄い衝撃を与えたと思うのです。学校の現場というのも大変だなと思い、先生がたは子供たちを叱るということも、何か恐れつつ叱らなければいけないのではないか、ほんとに大変な時代に入ってきたな、と思います。

それでも、ぼくはあのなかに、人間というものがまだ失われていないという気がちらっとした点はいくつかあったのです。そのことについてはまた別の機会に話しますが、問題は、こういうことだろうと思うのです。

前に、十代の若者たちを集めて深夜のテレビ討論会があった。討論する代表というか、その高校生とか中学生の女の子や男の子が、「朝まで生テレビ!」ふうに円卓を囲んで、援助交際だなんだかんだといろいろ議論をする。大人のパネラーが何人かいて司会したり、それに対する意見を言ったりする。スタジオですから、オブザーバーというか、外側に傍聴席みたいなのがあって、そこからもときどき拍手があったり、野次が飛んだりするような状態で話が進んでいた。

そのうちに、ひとりの男の子が非常に素直な雰囲気で、反抗的でもなく、おちゃらけでもなく、わざとらしい態度でもなく、じつに自然な正直な感じで、ふっと、「でも、なんで人を殺しちゃいけないのかな」というふうに言った。どうして人を殺してはいけないのですか、というふうに言ったのです。

なぜ人を殺してはいけないのか

　ぽっとその言葉が出た瞬間、ほんとに一秒の何分の一かの短い時間だったけれども、スタジオのなかがストップモーションのように停止した感じがぼくはしたのだ。白くなるというか、凍りついたような空気が一瞬ぱっと流れて、大人たちはそれに対して瞬間的に何かをすっと答えるということが、ちょっとしづらい感じがあった。その言葉が吐かれたとき、傍聴席にいるオブザーバーの同じ十代の少年少女たちのあいだで、ぱっと無言でうなずきあったり、そうだよね、とか、あ、あいつ言っちゃった、ほんとのこと、というような反応があったのをぼくは見てとったのです。

　ということは、みんなの心のなかにありながら、テレビの場面でそういうことを言っちゃいけないんだよ、という大人びた感覚でじつは言わなかった、その大事なことをつい、ひとりの少年が素直にぱっと吐いちゃった、という感じだった。その言いかたがあまりにも率直で、その子が本当にそのことを不思議に、けげんに、疑問に思っているという感じがわかったものだから、大人たちはそれに対してすぐには何か答えることができなかったのだろうと思います。それは凄い瞬間だったという気がしましたね。なんで人を殺しちゃいけないんだろう、と……。

なんで人を殺しちゃいけないのかということが、おそらくわからないのだろうと思う。じゃあ大人たちはわかっているのか。これもわかっているつもりではいるけれども、わかっていないのだ。いやわかるわからないの問題ではないし、それに対する答えというのは出ないのです。こうこうですから人を殺しちゃいけません、というふうに、いくら口で理屈を言ったって、それは説得力がない。

いくらでも言うことはあります。人を無限に殺していけば人類がいなくなってしまうから、人類の種(しゅ)の保存のために、おたがい殺しあってはいけませんとか、人間というのは尊いもので、生かされている大事な命ですから、それを傷つけたり殺したりすることはいけないことですとか、自分が殺されるのはいやなように他人も殺しちゃいけませんとか、いろんなことが言える。けれども、そんなことはあまり関係ないのです。

なぜかというと、人の命を損ねるというのは恐ろしいことだとか、とんでもないことだとか、いけないことだとか、あるいは自分の命そのものの重さというか、そういうものがじつは、今、感覚として希薄になっているのだろうと思うから。そしてその問題のほうが大事なのだ。

たとえば、動物が死んでいるのを見て、ああ、と思わず顔を覆うとか、吐き気をもよおすとか、ショックを受けて、しばらくそれが頭にこびりついて離れないとか、残酷なものを見ると顔をそむけるという、そういうふうな感覚というのが、かつてはみんなの心のなかにあったのだけれども、ひょっとしたらそういうことがさしてなくて、人が死んでいるのを見ても、何か冷静に見られるような時代になってきたのかな、という感じがする。つまり、人を殺すとか人の命を危うくするということに対する恐れや、人間が生きているというのは大事なことで、それを殺したり傷つけたりすることはとんでもないことだ、という感覚がないのですね。

それは言葉でいろいろ説明しても駄目なので、大事なのは、そういう気持ちがどういうふうにして出てくるかということなのだけれども。なぜそれが損ねられているのか。

ぼくの感じでは、今の大人たちの社会そのものが、じつは人を殺すということが平然と行われている社会だから、それがやはり「なぜ殺してはいけないんだろう」という感覚に結びついているのだろうと思う。

たとえば、人を殺すことは本当にいけないのか、どんな場合でもいけないのか、こういう質問が進んでいくと、じゃあ死刑というものがなぜあるんですか？ということになる。

いや、あれは例外です、社会に大きな害悪を及ぼした人間は制裁としてその命を奪ってもいいのです、と例外規定を設けてしまえば、普遍的な真理にならないでしょう。

少し前の新聞で、アメリカの国務長官か何かが、イラクを攻撃する、と言っていました。そのターゲットは絞って攻撃し、軍事施設を狙うけれども、かならずしも一〇〇パーセントそれだけを破壊することはできないだろう、そうすると当然、民間人の被害や犠牲も考えなければならない。ひょっとしたら病院にあたるかもしれない。小学校にミサイルが落ちるかもしれない。それはわからない。だから、ある程度の民間人の犠牲は覚悟しなければならないだろう、というふうに語っているわけですね。

軍事的な制裁をするためには、非戦闘員、つまり軍人でもなんでもない一般の女子供や普通の人びと、そういう民間人を殺すこともやむをえないのである。戦争だからしかたがないのだ、と。広島、長崎が一番いい例ですね。

そうすると、刑法で死刑にする場合は許される、戦争の場合は許される、というふうに例外をつくっていけば、つまり、人を殺すということ自体がいけないとかいいとかではなく、こういう場合には殺してもいいのです、こういう場合には殺しちゃいけないのです、というふうに区別をするとすると、子供たちとしてはやはり混乱するよね。

たとえば、所持品の検査をすると言っていたけれども、アメリカが以前やっていたことも所持品の検査なのですね。イラクはどうもバタフライナイフのような恐ろしい武器を持っているらしいから、それを徹底的に調査する。そういう悪いことや、危ないことをさせないようにしようじゃないか、というので所持品の検査をしようとする。イラクのほうでは、持っている物ぐらいは見せてもいいが、服の内側とか下着のなかまで手を突っこまれるのはいやだ、と文句を言っている。アメリカは「拒否するのだったら制裁を加えるぞ」と、むこうが持っているかもしれないものよりもっと優れた武器、大きなナイフで相手を切っちゃうという。そういうこととあまり変わらないような気がするのです。

所持品検査を拒絶したときに、その子を先生は叱るかもしれない。あるいは学校に来なくていいと停学処分にするかもしれない。まさか先生のほうがナイフを振るって生徒を刺すということはないだろう。けれども、今の世界は何かそういう感じがしてしかたがないのです。

　たとえば、一対一で喧嘩するのはいいとぼくはわりあいに思っているのですが、最近の犯罪というのは、自分より弱い者を襲うというふうになって、中学生が小学生の女の子を襲うとか、あるいはハンディキャップのある子を痛めつけるとか、そういう傾向がひとつと、もうひとつは、絶対に抵抗できない相手に向かって五人とか十人とか、大勢でひとりの人間を徹底的に痛めつける、リンチする、という傾向がすごく出ているのです。これはすごくよくないと思う。

　だけど、それがよくないと言っても、現実に今の社会で、たとえばアメリカがイラクを制裁するについて——はっきり言えば、アメリカがイラクとやればいいのです。そして自分の責任をちゃんと取ればいいのです。たしかにイラクにはこういう恐るべき兵器があった、自分たちはこれをやっつけた、と。みんな拍手して、アメリカは偉いと言ってくれるよ。だけど、アメリカは自分でそれをやろうとしないで、イギリスやいろんな国々に呼びかけて、一緒にあいつをやっつけよう、と相談しているわけでしょう。日本も、はい、そうしましょう、と言っているわけなのだけれども、フランスとかロシアなどはいい顔をしない。それをなんとかアメリカは説得しようとしている。

　こういうふうに集団で、たくさんの国が集まって、ひとつの国に制裁を加えようというのを見ていると、子供たちはやはり、あ、そういうふうにするんだな、というふうに思うよ。一対一で喧嘩してやっつけるというのでなく、みんなを集めて、大義名分をつくってみんなでやれば恐くないし、危なくないし、絶対に勝てる。危ない戦争をする必要はない、世の中そうなっているのだ、というふうに思う。

　そういうふうに見ていくと、脳死の問題だってそうですね。脳が働かなくなった人間は、仮にまだ心臓が動いていたり、他の臓器とか皮膚や細胞が生きていても、死んだとみなす、というふうに決めてしまうわけでしょう。そうすると脳が働かなくなったあとは物と一緒だと、こういう考えかただろうと思うのです。

　臓器移植に関しては、フレッシュな臓器を必要とする。だから脳死でなければいけない。完全に死んでしまった臓器は移植には不利なはずなのです。だから、できるだけ新鮮な臓器を、「ハーベスト」と言うのだけれども、「収穫」しなければばいけない。そのためには体が生きている必要がある。頭は死んでいるけれども体は生きている。こういう状態を「死」というふうに判定する、と。それを国会なんかで半年とか短いあいだでばたばたと決めてしまうということは大問題ですね。ぼくはそれには反対で、人間の死というものを決めるには、やはりそこへ宗教家も科学者も、医学者も社会学者も、あるいは詩人とかそういう人たちも、みんなが集まって三年とか五年とか十年とか、そのぐらい徹底的に審議をくり返し、そして決めたほうがいい、というふうに思うのです。

医学者のなかで、「今それを決めなければ日本の医学は十年後れる」と、こういうことを言った人がいるのです。十年後れたっていいじゃないですか。かならずしも医学の進歩によって人類が幸福になったというふうには考えられない。十年後れようが百年後れようが、むしろひとつの人間の死に対して日本は十年間かかって、ものすごく丁寧(ていねい)にそれを論議したあとで決議した、ということのほうが、はるかに世界から尊敬されるだろうし、人間としてはやるべきことだろう、という気がする。

大人が変わってゆくしかない

子供をどう指導するかというのはすごく難しいことだし、みんなが現実に頭を悩ましていることだろうけれども、それは、われわれ大人の世界がどうであるのか、つまり、子供は大人の世界の鏡なのです。だから、われわれは自分のやっていることを、むしろ反省することしかないだろうと思うし、今の日常生活のなかで命の尊さを教えるなんて無理です。ブロイラーの鶏なんかをわれわれは食べて生きているわけでしょう。鶏をたくさん揃えて機械で口を開けて、そこに圧搾空気で食べ物とかなんかをばさっと吹きこんで短時間に肥らせ、流れ作業で解体する。そういうものを食べているなかで、命の尊さとか言ったって、とても無理。

やはり今の自分たちの生きかたや、大人の社会のありかたというものを考えて、時間をかけてゆっくりと人間らしいものに変えていく以外にない。今の子供たちを急激に指導する方法はないと思いますね。

つまり、人間の命は大切である、人を傷つけてはいけない、殺すなんてとんでもない、という「感覚」が大事なのであって、論理でそれを説明することはできないと思います。どんな哲学者でも、「なぜ人を殺してはいけないか」という質問に対する正確な回答は出せないと思いますね。

そういう感じなので、ぼくも正直に言って立ちすくんでいるし、これから、もっと悲惨なことになるだろう、という気がする。

人の命を奪うことがなんでもないということは、生命そのものに対する感覚が軽くなっているのだ。ということは、自殺という方向へも、簡単にその線を越えることができる。凶悪な犯罪と自殺の増加は並行するだろうというふうに思います。年々自殺が増加している、ということは、人の命を奪うような、そういう恐ろしい事件が、これからもますます増加の一途をたどっていくのではないか。

どこまで行けば止まるのか。どうすれば止まるのか。

この葉書をくれたお母さんのように、そのことを真剣に考える人がたくさん出てくることを期待するしかないような、ぼくはそういう気がします。そしてぼくら大人の生きかたが問われているのだ、と。子供たちは、大人たちの生活、あるいは大人たちがつくっている社会、そういうものを映しだしている鏡なのだ。そういうふうに考えるしかないな、と思いますね。

答えの出る問題ではありません。ただ、それについて一生懸命、真剣に考えてみたいということを、お答えのかわりにしたいと思います。

第八夜　夢と年齢

私は中学一年生のときから五木さんの大ファンです。『こがね虫たちの夜』を初めて読んだときは、お酒や、ひとり暮らしや、性など、私の知らない世界ばかりが書かれていて、夢中になって本を読みました。その後も本当に多くの五木さんの小説を読みました。そして高校三年生になってから、ふたたび『こがね虫たちの夜』を読んだとき、中学一年生のときに持たなかった疑問を持ちました。主人公の三十四歳の女性が、若かった自分をふり返ってみたり、待っているだけの日々を過ごしている様子を読んで、年をとるということは少しずつ夢や希望を失ってしまうことになるのか、と思ったのです。私には八十歳を過ぎた祖母がいますが、夜などはつい死を考えたりと暗くなって、夢や希望に胸をふくらますようなことがなくなってしまうようです。五木さんは、常に夢や希望を持って生活していますか。

〈千葉県我孫子市　十八歳学生　タワラユキコ〉

老化は避けられない

なるほど。これはなかなかいいお葉書です。胸に感ずるものがありましたね。

もう一通あります。

〈五木さん、今晩は。ぼくは夜間大学に通いながら公務員をして働いている二十六歳の青年です。今年の三月に卒業の予定なのですが、進路について非常に悩んでいます。卒業後は仕事をやめて世界を歩き回り、外国で暮らしたいのです。そんなことを家族や友人に話すと、自分の人生を棒にふるのか、夢を語るより現実に目を向けろ、と言われます。夢をかなえようとすれば失うものも多いと思います。二十六歳という年齢で夢を追い求めているというのは、ばかげたことなのでしょうか。過去をふり返るとき、五木さんには夢を追いかけるのはよそう、と思われたときはありますか。ぼくの生活はなんの不自由もありません。

京都市左京区太秦(うずまさ)　二十六歳　ノムラナオヒサ〉

これもなかなかいい手紙です。お便りにいいとか悪いとかということはないけれども、うーん、なるほど、という実感がありました。

両方とも共通しているテーマがある。つまり、人間には夢とか将来への希望とかというものが若い間はあるけれども、年を重ねていくなかで夢とか希望とかというものはどんどんすり減っていくのか、という質問をタワラさんはしているわけね。ノムラ君のほうは、二十六歳になって、まだ夢なんか追いかけているのか、人生を棒にふるのか、夢を語るよりも現実に目を向けろ、と周りから言われている。二十六歳という年齢で夢を追い求めているというのはばかげたことなのか、というふうに聞いているわけですね。五木さん自身はどうだったのか、と、こういう質問だろうと思うのです。

両方ともすごく切実な言葉だと思う。片方は、『こがね虫たちの夜』というぼくの昔書いた小説を、中学生の頃と高校生の頃と、年をへだてて読んでみて、違った感想を持った。これはそのとおりです。できるだけ本は、若いときに読んで、大人になって読んで、年を重ねてまた読む、というふうに三度読むといいとぼくは思うのだけれども、このタワラさんは、非常にラッキーなことに、二度読んでくれたんだね。そのなかで、年をとるということは少しずつ夢や希望を失ってしまうことになるのか、という疑問を持ったわけです。

ぼくはかつて『青年は荒野をめざす』という小説を書きました。一九六〇年代に「平凡パンチ」という雑誌で連載したのですが、そのなかに、ジュンという十代の若い主人公がいる。それに対して、新宿でジャズの好きな若い人たちから尊敬されているホームレスみたいな老学者がいて、「プロフェッサー」と呼ばれている。その人の言葉として、「青春というのは年齢じゃないんだ」と。いつまでも夢を持ちつづけられる、そういう人間が青春の真っ只中(まただなか)にいるんだ、みたいな台詞(せりふ)を言わせたことがあります。

今、どう思うかと言われると、人間はやはり年をとっていくのです。年をとって老化していく。それ自体はけっして成熟とかなんとかという恰好いいことではないと思う。

人間の老化は何歳から始まるかというと、だいたい十八歳頃から始まるんじゃないか、と言う人もいるわけです。

免疫という人間の体のバランスを保っていく大事な働きがあるでしょう。その免疫機能のなかで、まるで参謀本部のように大事な情報センターの役割を果たしている胸腺というものがあって、英語では「サイマス」と言うのだけれども、この胸腺はだいたい十代の後半にいちばん発達して有効な働きをすると言われているのです。二十代の後半から少しずつ小さくなって、退縮していく。三十代、四十代になると三分の一とか四分の一になり、六十代になると脂肪化してしまって痕跡しか残らない。ということは、人間がいつから老化しはじめるかというと、十代の終わりからだというのは肉体的にははっきりしているんですね。そういうふうに考えると、人間はもう二十代から老いはじめる。

老いというのは何か。よく「夢と希望を失いさえしなければ、永遠に青春だ」

というふうな言葉で言われたりするけれども、それはやはり口あたりのいい、調子のいい言葉です。そういうふうに考えたい、そういうふうな心構えで生きていきたい、という気持ちはぼくらにもありますよ。だけどね、いくら頑張ったって老化は老化なのですね。

物理学の熱力学第二法則で、有名なエントロピーの法則というのがあるでしょう。世界中に存在するものごとは時間の経過とともに不可逆的に、後ろへ戻ることなく乱雑に荒廃していく、荒れ果てていく、という考えかたです。これは悲観的な、人生というものをマイナス思考で見るような考えかただと言われるかもしれないけれど、しかし、自然のなかの物理学の定理としてみんなに認められていることなのです。

同じように人間も肉体は老化していきます。筋肉が力を失い、皮膚の張りを失っていく、髪の毛は少なくなり、歯が抜けて、心臓とかその他の内臓も脂肪化してくる。

たとえば、ぼくの髪の毛を手で触ってみると、なんか絹糸(きぬ)みたいに頼りなく柔らかい。ふわふわなのです。まあ、ちょっと汚れているから、がさがさしていますけれども。若いときはヤマアラシのような頭だった。髪の毛の一本一本がものすごい自己主張をしているような、自分で憎たらしいと思うぐらいに黒くて太くて、押しても引いても曲がらないほどに強情だった。もう、うっとうしいなあ、なんでこんな髪の毛しているのだろう、いやだ、いやだ、とずっと思っていたのだけれども、四十代ぐらいから、櫛で梳ると、なんとなくおとなしく頭に揃うようになってきて、五十代から六十代になってくると、なんか絹糸みたいに細うく、力を失ってしまい、ぺろんぺろんなのですよね。猫の毛みたいなんだ。雨なんかに濡れると、ぺしょんとなってしまって。もうこれは具体的に、人間というものは老化していく、衰えていくのだ、と思わざるをえません。

身長だって、ぼくは昔一六八センチあったのですが、今は一六六・五センチしかない。一・五センチ、縮んだのだ。人間というのは縮むのです。骨も老化してくるから、腰痛が出たり、いろんなことが出てくる。筋肉だって張りを失う。視力も、ぼくは高校生の頃一・二と一・五だった。今の視力は、おそらく〇・八から〇・六ぐらいに下がったんじゃないか。そのほかに老眼も、乱視も出てくる。丈夫で自信があった歯も今、三分の二ぐらいは自前の歯ですが、三分の一ぐらいはあとから入れた義歯だろうと思うのです。

そういうふうになっていくのに、心にいつも夢を抱いていれば永遠に青春だ、と、そんなこと言ったってぼくは賛成しません。

人間が年を重ねるにつれて荒廃し、荒れ果てていく存在だとしたら、若いときの夢とか希望というものもすり減っていってあたり前だ、というふうに考えるのです。

だけど、だけどですよ、それじゃ、そういうふうに年を重ねても、なくならないものはないのか。むしろ年を重ねていくにつれて豊かになっていくものはないのか、ということをやはり誰でも考えます。

年を重ねるにつれて豊かになるもの

ぼくは今でも思い出しますが、高校二年のときに、ぼくのすごく尊敬していた高校三年の、東京の大学に進学することが決まったという先輩につれられ、自転車にふたり乗りして、学校からずいぶん離れた小高い丘の頂(いただ)きに登ったことがあるのです。夕暮れどきでした。ぼくがおそらく十七とかそんなときだったと思うね。先輩が十八かそこらだったと思う。季節はいつだったのだろうね。ちょうど小さな丘の西の彼方(かなた)に太陽がずうっと沈んでいく、その瞬間だった。やがては東京に出ていって新しい人生を歩むであろう先輩。そのあとを追えるか追えないかわからないけれども、とりあえずその先輩を羨(うらや)ましいと思っている高校二年生の自分。

そこで日が沈んでいくのを見て、その先輩が歌をうたった。それは、今思い出せば、こういう歌詞なのです。

思い出の島カプリ
君と逢いし島よ

要するにイタリアかなんかのポピュラーソングだと思う。それを日本語に翻訳した歌を彼はそこで夕日に向かってうたったわけね。

ぼくは、初めて聞いたのだけれども、その歌を聞いたときになんとも言えない、胸がぎゅっとしめつけられるような、せつないというか、甘いというか、わけのわからない感傷的な気分に、もう体全体が浸って、ぼくは泣き虫じゃないんだけど、ほんとに泣きたいような気持ちになった。体中に情感があふれてくるような感じがしたのだ。

そういう感情、つまり、ひとつの歌を聞いて体中にぱーっと花開いてくるように情感があふれて、思わず涙が出てくるような感覚というのは、やはり年を重ねていくにしたがって失われていきます。これはもう確実。だから、ひとつの小説を読むとか、ひとつの映画を観る、それはできるだけ感受性が豊かな若いあいだに観ればいい、というふうにぼくは思うわけね。

たとえば、石川啄木（たくぼく）の歌など、センチメンタルな歌を、四十、五十歳になって読んだり聞いたりしてもそこで涙ぐんだりするのは、やっぱりちょっと気持ち悪い。だけど、十代の頃寺山修司（しゅうじ）とか啄木の歌を聞いて、ぎゅっと心がしめつけられるような感じになったというのは、むしろ特権なのです。これは素晴らしいことなのですね。

そういうやわらかな気持ちや感動する気持ちが、年をとっていくと同時に老化し、磨滅（まめつ）していった、ということだろうと思うのです。だからぼくは、本当に残念なことだけれども人間は老いていく、そして夢や希望というものも、さっき言った体力とか肉体的な限界とか、あるいは感受性が磨滅していくように、やはり年とともに衰えていくのが普通であろう、と思うのです。

じゃあ、それでいいのか。人間は時間がたつとともにエントロピーの法則にしたがって駄目になっていく、崩れていく、そんなふうに考えていいのか。というと、そこで感受性は磨滅していくけれども、もっと別なもの、仮にそれを「知恵」という言葉で言うとしたら、そういうものはむしろ年を重ねていくにしたがって豊かに、大きくなっていくんじゃないかなという感じがちょっとするんですね。

人間的なふくらみを全部ひっくるめて「知恵」と言うのだけれども、知性という言葉とはちょっと違うのです。つまり、われわれは、二十歳の頃はみずみずしい心と体を持っている、三十歳になると生活のことやなんかに追われて、そういうものを失っていく、四十、五十歳になると、ほとんどもう駄目な人間になっていく、というふうにだけ考えることではなかろう。結論的に言えば、ぼくはそう思います。

失われていくものはたくさんある。体も衰えてくる。根気もなくなってくる。もういろんな意味で老化が進んでいく。でも、たとえば二十歳の青年や十八歳の少年とくらべて、かならずしも人間としてそれが劣っているかと考えると、そうではなかろう。つまり若いときになかった何か——その何かということを、ぼくはうまく言うことができない。でも、何かが成長していくのだ、老いてゆく人間のなかで。もちろん、滅びていく人間もいる。だけど、そういうものを逆にふくらませていって、非常にいい形での豊かな老化というものを遂げる人間もある。

この彼は、「二十六歳でそんな夢を追うなんて」「もっと現実的になれ」と周りから言われるわけだけれども、それはその人ひとりひとりのたちですよ。極端に言うと、七十、八十歳になっても、十代のときと同じような夢を追いつづける人もいる。つまり、ひとりひとり違うということが人間の根本だから。ぼくは違わなければいけないと思う。

二十六歳になって、周りの人間たちはそんな外国へ行って自分の能力を試してみたいなんていうロマンティックな夢を描いていないのに、いまだにそういう夢を持ちつづけているということは、ひとつの特権でもあり、それは才能でもあるのです。

周りの人と同じである必要は何もない。人間というのはひとりひとり顔つきが違うように内面も違っていいのだから。

二十六歳どころか、外国へ行っていろんな人と友達になって未知の体験や冒険をくり返したいという気持ちを、彼が四十代、五十代、六十代になって持ちつづけても、なんらおかしいことはない。二十六歳なんて、まだ子供と一緒じゃないですか。ぼくだって今、まだ同じような感じを多少、持っていますよ。

ただそれは、それを持てる人は幸せだけれども、偉いということではないのです。十代の頃から心枯れたりというので、すごく現実的に預金の利子だけ勘定して暮らしている人もいるかもしれない。でも、それはその人の人生であって、ぼくはその人のことを、いやぁ、あいつは若いくせに、なんて非難する気はぜんぜんない。

人間というのは遺伝子というものを与えられて生まれてくるように、その人の人生観とか生活観とか、思想とか信念とか、物の考えかたの傾向とかというものを、ある程度は与えられてくるものなのです。

そう言うと、いや、そうじゃない、与えられたものを努力とか意志の力でもって、もっと開いて、磨(みが)いていくかいかないかがその人間の人生の分かれ目だ、という反論がかならずくるのだけれども、では努力する気持ちというのは何か。私は、努力をするということもひとつの体質だろうという気がするのです。

つまり、変な話だけれども、世の中には努力するのが好きな人もいる。努力というのがいやな人もいる。これは生まれつきのたちなのです。努力が好きに生まれてきた人は、怠けて怠惰な日々を暮らすことに耐えられない。

奈良岡朋子さんという女優さんは、洗濯や掃除が好きで好きでしょうがないから、しょっちゅう掃除や洗濯をするというわけですね。これはその人のたちです。ぼくなんか、もう絶対、靴下なんか洗いたくないからね。洗濯も掃除もしたくないし、部屋の片付けなんて絶対できない。それはその人のたちなのです。

たちと言ってしまったら駄目だ、そこを努力して自分の欠点を克服していくべきだ、という説があるけれども、掃除、洗濯が嫌いだというのがはたしてその人の欠点であるかどうか。ひとつのほうに窪んでいる人は他のほうにすごく伸びているものがきっとある、とぼくは思うのです。たとえば、努力ができない人は直感力に優れているとか、みずみずしい感受性は持っていないけれども計算に優れているとか、人間というのはみんな欠点の分だけ長所があると思う。それを他の人と同じように考えなくてもいいのだ、ということをぼくはここで言いたいのです。

自分で責任を負いさえすればよい

つまり、夢とか希望とかというものがあっても、その夢や希望の形は全部違っていい。現実的につつましく暮らして、家庭を持ってローンをしょいながら生きていく。そして小さなマンションでも購入して、晩年は年金でやっていきたい。できるだけ出るクイは打たれるみたいなことはしないで、平穏無事にやっていきたい。国家体制に反逆なんかしたくない。こう考えている人がいたとしても、それはその人の個性なのだから、なんだおまえ、若者らしくないじゃないか、なんて言うことはぜんぜんないと思います。そうか、君はそうなのか、それが君の夢なのか。つまり、夢を持たないという夢だってあるし、人生に対して希望を持たないという信念の持ちかただってある。だけどぼくもどちらかというと、やはり五十になっても六十になってもまだふらふらと外国あたりを歩いてみたいという、ばかばかしい夢をいまだに拭い去ることのできない、そういう性格の人間なのですね。

この二十六歳の彼は、友達から「おまえ、二十六にもなって、もうちょっと現実的になれよ」なんて言われて、そのことでこの葉書を出してきたわけだけれども、そんなことは気にすることないです。ひょっとしたら、君はおそらく六十歳になっても同じようなことを考えて、いいかげんに年寄りになれよ、と周りから言われるタイプの人かもしれない。やっぱりそれはその人のタイプなのだ。ぼくはまさにそう思います。

くどいようですが、努力しよう、向上しよう、立派な人間になろう、というふうに考えずにはいられない人もいる。ぼくの知っているお医者さんの娘さんは、もうとにかく勉強が好きで、便所のなかでも勉強するし、叱ると布団をかぶって懐中電灯で勉強するし、将来この子はどうなるのだろう、もうちょっと遊んでくれないかな、と親が心配しているけれども、そういう人も現にいるのです。そうかと思えば、字は読みたくないという子だっている。それはひとりひとりの個性であって、それでいいのです。自分で自分の責任さえとればいいのだから、周りに迷惑さえかけない限り。まあ、多少の迷惑はかけたってしょうがない。それはそういう運命なのだ。

でもぼくは運命論者かと言われると、そうではない。できるだけ自分が心のなかに持っているそういう思いを正直に実現していくのが人生だと思っているのです。みんなはそうだと思っているけれども、運命ではなくて、自分がしたいことをやってないで、それを運命だと思っているのかもしれない。

生きることも死ぬことも、心のなかで自分が思い描いて、こうしたいと思っていることがあったら、どしどしそのことをやっていくべきだし、そのことによって社会的な刑罰を受けようが、人生においてものすごく損をしたり遠回りしたりしようが、それは自分で責任を負えばいいのだ、というふうに思う。だから、二十六になってなんだ、そんな夢を持って、と言われる彼については、周りから何を言われたって影響されることはないよ、というふうに思います。

また一方、三十いくつになったら夢も希望もどんどんすり減っていって、みじめったらしい人生になっていくのではないか、というのも、その人のタイプです。逆に十代、二十代の頃は冴えない人で、四十代、五十代になっていきいきして、みんなにびっくりされる人もいるし、それもその人のタイプですね。

たまたまぼくは『こがね虫たちの夜』のなかで、あまりにも感動的な、あまりにもきらきらと美しい青春というものを早く見すぎてしまったために、その若い頃とくらべると、今の日常生活がつまらなく見える、というタイプの女性を主人公に小説を書いたのです。『内灘夫人』という小説を書いたことがあって、その扉にも「あまりにも若い頃に早く幸せな季節をすごしすぎた人間は不幸である」と書いたのだ。それは何かというと、人間のクライマックスってあるでしょう、芝居やドラマにもクライマックスがあるように。それを十代の前半とか二十代のはじめあたりで体験してしまうと、その人間は、あとの生活はそこそこに幸せなのに、どうしても「あの頃」というものとくらべて、つまり輝きに満ちたかつての日々とくらべると、今の生活が灰色に見えてしまうのだね。

だから、ぼくはときどき思うことがある。たとえば、若くして甲子園かなんかに出てドラマティックな試合かなんかやって感激の日々を送った人が、そのまま生涯、幸せだなと思って暮らしていければいいけれども、ひょっとしたら、いつもふり返って、あの頃の自分と今の生活をくらべて、すごく不幸になることもときにはあるんじゃないかな、と考えたりもします。

でも、人間の運命というのはそういうものだよ。だから、それを受け入れるべきだし、自分で真正面に受け止めて、そのことから逃げずに生きていくべきだ、と、抽象的だけれども、ぼくはそういうふうに思います。

第九夜　自己責任

三十五歳の会社員です。最近、大きな有名企業が次々につぶれたり合併したりして、不安でなりません。終身雇用も危なくなりましたし、長く勤めていれば月給があがるという見こみもなくなりました。それに、銀行も年金も保険もあてにならない世の中です。こういう時代に、どう生きて、何を頼りにして暮らしていけばいいのか、率直な意見を聞かせてくださいませんか。

〈イチノセヨシオ〉

自分以外のものは頼りにできない時代

　このところ本当にいろんな形で、「グローバル・スタンダード」、つまり世界基準というのか、特別の風習ややりかたを許さないという、ものすごい強力な波が押し寄せてきています。ビジネスの社会や金融など、いろんな分野で、「日本だから日本らしくやります」なんてことは許さないという圧力が押し寄せてきている。

　それがとくにどこへ来ているかというと、大きな問題は、やはり働く人たちの職場の問題とか、給与の問題。かつては企業へ入社するときは、ぼくらもそうですが、その会社に骨を埋める(うず)ぞという感じで、社宅とかそういうところに入って、もう何から何までお世話になり、その会社とともに、そこで生きていくという覚悟で新しい人生を始めたものだけれども、そういうことがまったくできなくなってしまった。

第二の戦後と最近よく言われるけれども、戦後と同じぐらいの大きな変革の波が、今、ぼくたちの生活のなかに押し寄せてきているということを、ひしひしと実感するわけです。何か今までのようなつもりでは生きていけないというぐらいに、追い詰められているという感じがします。

そのなかの旗印になっているのが、グローバル・スタンダードという世界基準――世界はこうなのだから、今までのように韓国は韓国独自の道を歩く、インドネシアはインドネシア独自の道を歩く、日本は日本独自の道を歩く、なんてことは許さない、という。それが世界の標準というものだったら、まあいいのだけれども、一般にはアングロサクソン、アメリカとかヨーロッパの先進諸国のスタンダード、基準を、世界中の国々に押しつけているのだという反発も、一面ではすごくありますね。

いずれにしても、ぼくたちは、明治で一ぺん文明開化したのだけれども、九〇年代の終わり、世紀末を迎えるときになって、あらためて第二の文明開化みたいなものを押しつけられているのではないか。心のなかのチョンマゲを切れとか、心のなかに持っている刀を捨てろとか、何かそんなふうに言われているような、切実な感じがしてならないのです。

いただいたお葉書やお手紙のなかにも、そういうことを非常に実感をこめて、せつせつと訴えられているものがありました。先に掲げたのは、そのなかの一通です。

同じような趣旨のお葉書を何通もいただいたのですが、今、実際に働いて、そして生活をしている人たちの実感だと思うのです。

昔は、そんなふうにしていられないよ、いつかこうならなきゃいけないんだよ、というふうに、つまりオオカミが来るという叫び声が聞こえていたのだけれども、今や、まさにオオカミに片足を噛みつかれちゃって、それで悲鳴をあげているというのが現状ではないか、というふうに思います。

三十五歳というのはまだいいんだね。このあいだの証券会社の自主廃業のあと、たくさんの求人が来たけど、聞けば、三十七歳以上はほとんどもう駄目という話です。若くて元気がよく、使いでのあるような人たちには求人があるけれども、三十代の後半から四十代にかけては要りません、なんて言われてしまうのでは、本当にどうにもならないようなことなので、ひしひしとそのへんをみんな考えているのだろう、というふうに思うのです。

たとえば、かつては就職というのが人生の大きな節目だったわけですね。自分の一生をそこにあずける。「天職」という言葉もあった。たとえば、浅田次郎さんの『鉄道員』という小説が話題になっているけれども、今のJR――昔は国鉄と言いましたが、かつては「国鉄マン」という言葉があって、「国鉄一家」という言葉もあった。そして強力な労働組合があり、国鉄の人たちは「レールに命を賭けて生きていくのだ。百万人の足を自分たちで安全に守る」という情熱に燃え、「鉄道の歴史は自分たちが担うのだ」と、本人だけでなく家族も、自分たちは国鉄一家の人間である、国鉄マンの家族であるという誇りを持ちながら、一生懸命働いていた時代があった。だから国鉄に入るということは国鉄マンになるということなので、いわば就職ではあるけれども第二の人生をスタートするというぐらいの大きな儀式だったのだね。

そういう時代にくらべてみると今は、同じように有名な大商事会社に入って自分は商社マンになるのだ、あるいは伝統のある企業に入って自分はそこで生涯働くのだ、というふうなことでやってこられたのが、そうでなくなっていく。一方で、かつては労働組合というのがしっかりあって、しかも「むかし陸軍、いま総評」なんて言われた時代もあるぐらい強力な労働組合の連合体が、労働者の生活とか、そういうものについてバックアップをしていたわけだけれども、今はそういうものも頼りにならない。ばらばらになってしまった。そして、かつての社会党のような野党というのも力を持たなくなってしまった。

そういうなかで、つまりグローバル・スタンダードとは何かというと、たとえば企業が合理化とかリストラを要求すれば、ほとんど逆らうことができずに、その会社を辞めなければならない。何十年も勤めたからその人を最後まで面倒見てやろう、なんてことはもう絶対、会社は考えない時代になってきたというわけです。

そうすると、大きな企業に勤めていると、二十年ほど先に入った先輩の給料などが、ひょっとしたら自分と同じか、下ということもありうるわけですね。たとえば、日本の証券会社のイギリスの支店のディーラーかなんか、一時何十億という年収があったんだってね。一方では生活がぎりぎりという証券マンもいるだろうに、一方では何十億という年収のある証券マンもいる。もう完全に、いわば横並び社会というものは御破算になって、その人間が若かろうがキャリアがあろうが、誠実であろうが優秀であろうがなかろうが、とにかく仕事ができてその会社に利益を与える人間が、その会社にとって大事である、というのを鉄則として、それが数字で出てくる時代になったと思うのです。

昔のように上役が、あいつは俺におべっかも使うし、なんでもハイハイと言うことを聞くので可愛いから、ひとつ自分のひきで出世させてやろう、みたいなことが通じなくなってきたのだと思う。あるいは同郷とか、同じ大学の先輩・後輩とか。もちろんそういうことも多少は日本社会にあると思いますが、いちばん大きな問題は、会社に対するその人間の貢献度というのが数字できちんと査定され、この人間はいくら稼いだ、このくらいの働きがあった、だから何パーセントの報酬をこの人間に年間で支払おうというふうになってくるし、ある目標額を達成できなければ、もう来なくてよろしいというふうになってきて、いわば日本人労働者全体がフリーターになったみたいな、そういう時代に入ってくると思うのです。

こういう時代のなかで、今、はっきりしていることは、自分以外のものを頼りにすることはできない、ということです。会社も頼りにならない。たとえば上役や先輩も頼りにならない。それどころか自分の学歴とか肩書とか過去のキャリアも頼りにはならない。組合も頼りにならない。そしていろんな形の社会保障も、ひょっとしたら頼りにならないわけですね。もっと極端に言うと、国家も頼りにならないのではないか。こういう時代に入ってくる。

自己責任というのは、そういう時代なのかもしれない。どういうことかというと、不信の時代ですね。つまり、何かを信頼してそれにおまかせするという時代がかつてあった。国家を信頼して国家に自分の命をあずけるという時代が。でももう、それができなくなったということなのです。

自己責任というのは、ある意味で人間を信用できないという、そういう社会だと覚悟することだから、考えてみると、つらいよね。「渡る世間に鬼はない」というのではなくて「渡る世間は鬼ばかりだ」というふうに覚悟して生きていかなければいけないわけだから。

でも、否応なしに今はそうしなければならない時代に入ってきているわけだから、ここで「鬼はない」なんて言って、あらゆるものを信頼して生きていこう、ただただ政府や銀行や、あるいは社会保障や会社の善意や、そういうことを全部、信頼して生きていこうと思う人間は、次々にドロップアウトさせられてしまって、極端に言うとホームレスに転落してしまうということも十分ありうると思うのです。

そういうふうに考えると、自分ひとりならいいですよ、それも。ぼくは自分ひとりならそういうふうに自由に生きていくのもいいだろうと思うけれども、家族があったり、ローンを抱えていたり、あるいは親の面倒を見ていたり、という人がたくさんいるじゃないですか。そういう人たちにとっては、自分が飄々と一生バガボンドのように暮らしていけばいいんだというふうには言えないから、大変な時代に入ってきたと思います。

市場原理の背後の思想

グローバル・スタンダードというのは、「強いものが勝つ」という考えかたで、頑張らなければ、弱いやつは強いやつに食われてしまう、それはしかたがないのだと認める、ということなのですね。さっきもアングロサクソン、つまりアメリカや西欧先進諸国のスタンダード、基準なのだということを言ったけれども、たとえば「市場原理」というのがそうです。

最近はなんでも市場原理にまかせよう、というわけね。市場が判断してくれる、悪いものは脱落していく、いいものは評価される、それは銀行だろうが会社だろうが、その業績とか信用とかいうものは株価でもって決まるのだ、という。雑誌なんか見ていると、株価が何百円以下の銀行は信用するなというふうに、その会社の信用度をデジタルに数字で測っていけるという時代になってきているわけです。

ということは、どういうことかというと、ある意味では修羅の巷、というか、弱肉強食のジャングルに生きていかなければいけないようなことになってくる。市場原理というのはつまり強いやつが勝つという原理なのですよ。走るのが速い人間が勝つ、遅い人間は脱落する、脱落するだけでなく食われちまう、というね。ぼくはこれは人間的な論理ではないと思います。

ヨーロッパの市場原理というものが今までずっと維持できたとか、あるいは正常に働いてきたとするならば、そこにはひとつの歯止めがあったからです。アダム・スミスはこの市場原理の働きを「神の見えざる手」というふうな言いかたをしました。神の意志がそこには働いているのだ、と。キリスト教という宗教観みたいなものが市場原理の背後に控えている限り、弱肉強食という猛獣の世界に転落する一歩手前で人間は踏みとどまることができるであろう、と、こういう信頼感があっての市場原理なのです。

外国のなかには教会税というのがあって、教会に行く人も行かない人も税金をとられてしまうぐらいのキリスト教原理主義的な国家もあるぐらいだから、そういうふうな社会では、やはり人間は、ひとりひとり自己責任で生きていながら、当然、神の掟とか、神の教えとか、愛とか、こういうことを心のなかでどうしても考えざるをえない部分があるのですね。

こうした、見えざる神の手というものを市場原理の後ろの支えとすることによって、市場原理は、なんとか猛獣の世界ではなくて人間の世界に踏みとどまることができる、というふうに思うわけです。

これを、いわゆる一神教的な、そういう宗教観というものが社会のなかに定着していない、非常にばらばらで恣意的にしか働いていない日本の今の社会にそのままあてはめると、どういうことになるかといえば、やはりぼくは、すごく難しいことになってくるんじゃないかという気がしてならないのです。

近代社会というのは、いわば資本主義と一緒に歩いてきたわけだけれども、資本主義がなんとかやってこれたのは、その背後に——まあ、よく言われることですが、キリスト教的な、あるいはプロテスタント的な宗教的モラルというものが背後に存在していたからこそ資本主義は成り立ったのだ、という見かたもあるわけです。

マックス・ウェーバーという人は、プロテスタンティズムの精神的バックボーンのひとつとして「多くを稼げ」、多くを稼ぐことは結構なことである、お金もうけはどんどんしなさい。それから「多くを蓄えよ」、お金をもうけてそれをぱっぱっと使うのではなく、質素で勤勉な生活をして、お金をたくさん貯めなさい。そして「多く施せ」ということを、ひとつの大事な要として、分析しているわけですね。

この宗教的経済観というか、その背後には、勤勉に働いて、頑張ってたくさん稼ぐことは悪いことでもなんでもない、それは神様の意志にかなうことで、いいことである。さらに、勤勉に働いてたくさん貯めたならば、質素でつつましい生活をし、稼いだお金をたくさん蓄えなさい、つまり資本を大きくしなさい。利潤を求め資本を大きくする。これが資本主義の根本の原理なのです。

そしてそのように大きく貯めこんだ、稼いだ人間は、多くを社会に還元しなさい、多く施せという。これが眼目で、歯止めになっていると思うのですね。ですから、ちょっと偽善的なところもあるけれど、アメリカなどではロックフェラー財団とかいろんな財団をつくって、文化事業とか、芸術活動とか、福祉とか、学問の研究とか、そういうところに大きな資本がお金を出していく。

稼げ、貯めよ、施せ。この三つが三位（さんみ）一体になって動いているあいだは、なんとか人間の域にとどまっていられると思うのです。しかし、多くを施せという、この根本にあるものは「愛」で、隣人愛という思想なのですが、それをぽろっと外してしまって、多く稼ぎ、多く貯めろ、それが善である、というような、三位一体ではない市場原理というものをこの日本の社会に持ちこんでしまったならば、これは凄（すご）いことになっていくんじゃないかな、というふうにぼくはいろいろ心配しているんですけれどもね。

日本も明治以来、資本主義を成熟させてきた。資本主義の精神というものが必要である。形には精神が必要である。戦前は、国家神道というものもあれば、天皇制というものもあって、そういうものをいわば資本主義の背後に要として置くことによって、なんとか日本の資本主義というものも西欧に伍して発展してきたのだろうと思うのです。

ところが、戦争が終わってしまった。そして「……のために」というものがどこかへ消えてしまい、「多くを稼げ」「多くを蓄えよ」というふたつだけの資本主義が戦後続いてきた。そして五十年たった今、それが破綻したというのが現在の状況ではないか、というふうに思います。

これから、もしもグローバル・スタンダードにしていくのだったら、われわれは三番目の……なんのために稼いで、なんのためにそれを蓄えるのか。たとえば多くを人に与えんがためである、というようなモラルがあればいいけれども、それがないわけだね。

明治の人は「和魂洋才」と言ったけれども、ひとつのシステムとか社会形態、あるいは資本主義とか共産主義とか、いろいろ主義があるけれども、そのためには根本にそれを支える精神というものがなくてはいけない。それなしのシステムというのは、たんに暴走していくだけではないか。ぼくは非常に不安をもって、今のグローバル・スタンダードのアジア社会への強制、と言ったらいいのか、それを見ているのです。

これからの資本主義は、新しい資本主義と言っていいと思うのです。新しい資本主義、新しい自由主義、新しい市場原理、そういうものを後ろで支える精神、歯止めになるもの、それをわれわれはなんとかして探さなければいけない。それがあるか――。

今の教育の現場というのは本当に、ぼくは、先生がたはよくあれで毎日、学校へ出られるなと思うぐらい、大変だと思うのです。教育も混迷(こんめい)しているし、哲学とか思想といった世界にしても、決定的に強い動きというのはこの二、三十年、ほとんどありません。

国家に対する信頼も失われた。そして、物の豊かな社会をつくっていけばいいのだ、先端技術を磨(みが)いていけばいいのだ、という信頼もなくなってしまった。

そういうなかで、グローバル・スタンダードを強制され、強いものが勝つという市場原理の世界に投げこまれて、われわれは一体どういうふうにやっていくのだろうな、と。

この三十五歳の会社員の人が迷って立ちすくんで、焼け跡につっ立っている迷子のように、俺はどうすりゃいいんだ、と言っているのは、じつによくわかります。ぼくもどうすりゃいいかということはわからない。

同じような時代をどう生きたか

でも、そういうときに、考えられることはあまりないのだけれども、そのひとつの方法に、昔をふり返ってみるということがある。人間は経験の動物だとよく言うけれども、昔をふり返って、そういう時代がなかったか、同じような時代があったのではないか、そのとき日本人はどのように生きてきたか、ということを考えてみる必要があるような気がするのです。

たとえば、十五世紀に応仁の乱というのがあった。これはもう日本の内戦です。

そして応仁の乱の前後というのは地震とか火事とか、あるいは旱魃とか、天変地異が続いた。そして伝染病が流行り、凶作が続き、土一揆という農民たちの反乱が次々に起き、餓死者は増え、都から地方まで日本国中が大変な騒乱の渦に巻きこまれて、戦争は絶えなかった、という時代があるわけです。そういう時代に日本人たちがどう生きたかということを、あらためて考えてみる必要があるのかなという気がします。

それからもうひとつは、戦後のあの大変革の時代。三十五歳の人はその頃のことを資料とか、あるいはいろんな本を読んでしか知ることができないというふうに思うのですが、ぼくらはかろうじて戦後の混乱期を、十三、四歳の頃に体験しているわけです。その頃のことを思い出すと、やはり今と共通の面がある。それは、何かに自分をまかせてはおけない、ということなのです。

たとえば、政府に自分のことをまかせておけるか、国家に自分をまかせておけるか。まかせておけない。たとえば、一生懸命、人は貯金するでしょう。そして郵便局に預ける。銀行がつぶれても郵便局なら大丈夫だというふうにみな思いがちだけれども、そんなことはないのだ。金融緊急令とかなんとかいうのが昭和二十一年ぐらいに出て、預金封鎖というので、郵便局の貯金が封鎖されてしまったこともあるのです。封鎖されて、ひと月におろすのは一世帯あたりいくらと決められてしまえば、いくら郵便局に預けてあるから安心と言っても、どうにもなりません。

政府というのは、緊急の事態にそういうことをやろうと決めれば、なんだってできるのです。農地解放というのを聞いたことがあるでしょう。戦後ありましたね。農地解放だって、アメリカのマッカーサーの意向が背後に控えていたとはいうものの、私有財産をみんなに分配してしまうなんてことがよくできたものだな、凄いことをやったものだな、と、あらためて感じます。そういうふうなことを考えると、なんだってできるのだ。

敗戦の前の戦争の時期には、葉書一枚で人間を軍隊に召集して、その命すら投げだすことを強制することが国家にはできたのですからね。

そう考えますと、政府や国家にできないことはない。郵便貯金も、われわれが営々として蓄えた貯金が、もしたとえば財投とか、そういう方面に回って、郵便貯金のふところはからっぽである、これは払えない、なんていうことになったら——国家の存亡に関する問題であるとなったら、郵便貯金を封鎖するということは簡単にできますよ。

　そういうふうに考えると、できないことは何もないのです。お金に関して言えばペイオフなどで、一千万円まではなんとかなるとみんな安心しているけれども、そんなこともぜんぜん安心ならない。今持っているお金すら、そのお金は使えないことにすると決められれば、それで終わりですから。

　ぼくらは敗戦というものをピョンヤン（平壌）で迎えたのですが、ピョンヤンで通用していたお金は日銀券でなく朝鮮銀行券という、お札の形は似ているけれども、朝鮮銀行が発行したお金だったのです。しかし、戦後それは紙クズになってしまった。そしてソ連軍が入ってきたらソ連軍の軍票で、もう本当にぺらぺらの、ノートの紙みたいな紙に印刷した赤と青の二色の、青票、赤票と言ったのだけれども、この軍票を今日から使う、今までのお金は意味がない、交換もしない、と言われてしまい、それっきりだったのですね。

だから、世の中にありえないことは何もない。ありえないことは何もないというふうに思って、そこから出発する以外になかろうと思います。自分を守るということは、本当に大変なことなのだ。

たとえば「諸君！」という雑誌に、下田治美さんというかたが、頭痛がとれないというので病院に行って、いろんな検査を受けたら、脳梗塞の気配がある、手術の必要があると言われて、びっくりしてね。いろんな形でずっと病院を訪ねて、繰り返しセカンドオピニオンを求めたりいろいろするのだけれども、そのなかで、いかに日本の医療体制というものが人間を無視したものであるか、ということを身にしみて感じる。読んでいてうそ寒くなるようなルポルタージュが載っているのです。

そういうものを読んでいると、「医は仁術」と言うけれども、そんなことも信用できない。医は産業じゃないかというふうに思ってしまう。もちろん、そういうなかでも信頼できる人もいる。そして本当にこんな人が世の中にいたのかと思えるぐらい奇蹟(きせき)的な善意の人もいる。けれども、そういう人に頼って自分の人生というものをこれから生きていくわけにはいかない、というふうに考えなければいけないのだ。

教育にもまかせることはできない。国家にもまかせることはできない。経済を銀行にまかせることもできない。医療を大病院とか名医とか言われる人たちにまかせることもできない。

たとえばカルテとか、レセプトとかというものを、われわれはほとんど見せてくださいというふうに言わないのだけれども、レントゲンを撮られて、「そのレントゲンの写真、いただいていいですか」と言う人さえもいないのだ。それは言うのがなんとなくはばかられるから。病院で「こういう薬（注射）を打ちますからね」と言われて、「それはどういう薬ですか、どういう効果があって、なぜ自分はその薬を打たれなければならないのですか」というようなことを細かく質問する人は、すごく嫌われる、はっきり言って。ぼくの親しい医者が言っていたけれども、やはり医師を信頼して、まかせてくれる人のほうが回復は早いです、と、そういう言いかたをするんだね。

それは医者が言うべきじゃないんだよ。そういう人もいるかもしれない。でも、医者を信頼し、病院の制度を信頼してまかせたために、自分というものを見失ってしまった人たちがどれだけいるかということは、数字に出てこないわけですから。

そういうふうに考えると、これからは自己責任というのをたんに市場の経済の原理だけでなく、やはり子供の教育は自分でやらなければしかたがない。自分の健康は自分で守らなければしかたがない。自分の財政、貯金というのは自分で工夫してそれを失わないようにしなければならない。自分の職場というものは自分で築きあげていかなければいけない。自分の人生観というものを、たとえば哲学者とか、あるいは思想家にまかせることもできない。心の安心というものを、お寺とか教会にまかせればいいか。これもできない。精神的な、人生の目的とか、そういうものもやはり自己責任で考えなければいけない時代になってきた、ということなのでしょうね。

期待せずに生きてゆく上での幸運

非常に切実な三十五歳の会社員の人の質問なのだけれども、ぼくはそれに対して、すぱっと割り切れる明快な答えはなかなかできないのです。

ぼくから言えることは、自分で自分の生きかたを決める以外にない時代に入ってきて、われわれは否応なしに心の安定とか人生観まで、自分でつくらなければいけないときになってしまった。大変なときに来ましたね、ということを言うしかないような気がしますね。

ぜんぜん役に立たなかったかもしれないけれど、たったひとつのことを、ぼくはやはり言いたいと思います。自己責任というのは、自分の体、経済、職業、人生観、政治観、あるいは心のやすらぎ、そういうことを全部ひっくるめて自分で考えなければ、他人を頼りにしてはやっていけない時代に入ったな、ということです。

そういうふうに期待しないで自分の人生を生きていて、そのなかで偶然にも、思いがけないような人間の善意とか、信頼できるいろんな出来事に出会ったときは、もう謙虚に、これは奇蹟だと思って心から喜んで、そのことを感謝すべきだし、そのことを忘れないように心のなかでじっと大事にして生きてゆく。こういうことぐらいしかないような気がしますね。「旱天の慈雨」という言葉があるけれども、からからに乾いて、ひび割れかかったようなときに雨が降ってくる。そのひとしずく、乾燥しきってもうまさにみな枯れ果てようとしているときに降りかかってくる一粒の雨というものが、本当に甘露のように感じられ、そこで感動して涙を流す。

はじめから、あれもあるだろう、これもあるだろうと、人間の善意を信じているなかで人間の善意と出会ったって嬉しくもなんともないですよ。あたり前のことだと思うにちがいない。人間の善意なんて通用しない世の中なのだ、誰もあてにできないのだと思っていて、そこであてにできる人と偶然会えたとき、本当に心から、なんて自分は幸せなんだろうと、その奇蹟的な幸運を感謝すべきだというふうに思います。

　そういう時代に今、ぼくらは生きているのですから、そうとう覚悟を決めて、「自己責任」という言葉の意味をもっとシビアにとらえなければいけないな、というふうに思いますね。

第十夜　意志の強さ・弱さ

今日は。ぼくは二十歳の学生です。

自分は小さい頃から意志が弱いことに悩んできました。どうしても努力できないのです。昔は自分に厳しく、もっと意志強くなろうと自分にムチを打ったものですが、最近はひょっとしたら意志が強いか弱いかもある程度、生まれたときに決められてしまっているのではないか、と思うようになりました。でも、こういう主張を大人にしたとき、こっぴどく叱られました。言い訳をするなと言われ、みっともないとも言われました。たしかにとんでもない考えかもしれません。でも、自分に厳しくしたところで、とうてい自分が意志強くなったとは思えませんでした。ときにはあまりの自分の意志の弱さに、悲しむのを通りこして笑いだしたいくらいです。私たちは生まれてくるときに何ひとつ選べません。自分の顔すら選べないのです。意志の力に恵まれ、能力もあり、顔つきが美しい者は、どんどん世間をのぼってゆく。一方でその逆の人間もいる。もしぼくの主張が認められるのならば、その逆の人間は、どうすれば少しでも軽やかに生きることができるのか。先生のちょっとしたヒントやご意見をうかがいたいのですが。〈横浜市　二十歳学生　ソギコウタ〉

意志の強い弱いは生まれつき

　これはじつに、切実というか、リアリティのある問いかけです。ソギ君、二十歳の学生さんですね。

　だけど、あなたの考えていることと、ぼくの考えていることは、何か不思議なくらい重なっているところがある。つまりぼくが、それこそこの二十ちかくずっと書きつづけ、あちこちで語りつづけてきていることは、まさにこのソギ君という若い学生さんが考えていることと、何か不思議なくらい重なっているのです。

　ぼくはこれを読んで、自分のふだん考えていることをそのまま言われたんじゃないかというぐらい、ちょっとショックを受けるのだけれども、あなたの考えていることは、まともだと思うね。それは正しいと思う。他の大人たちにそういうことをソギ君という人が言ったりしたときに、それは間違っているとか、考えかたが足りないとか言われたというのだけれども、ぼくはまさにソギ君の言うとおりだと思いますね、実際に。

つまり、意志の力というのは、自分で意志を鍛えれば強くなるか。それは鍛えれば強くなるだろう、と思うのです。鍛えれば強くなる。習慣づけて頑張れば強くなる。だけど、意志を鍛えるということを自分に課して、倦まず弛まずそのことをやっていくというためには、まず凄い意志の強さが必要だということです。ぼくは、彼と同じで、子供のときから自分はすごく意志が弱い人間だというふうに自覚してきた。ぼくはもう意志の弱い人間だというふうに自分で納得というか、諦めるというか、いつの頃からか決めこんできたのです。

それでも、たとえば高校生の頃、大学受験をしなければならない、と。しかし、ぼくの学校はうんと地方の学校で、学力なんかも高くないし、そのなかで、ひとりで頑張らなければいけないというときに、これはもう相当やらなきゃ駄目だなと思って、今でもおぼえているけれども、半紙に「克己」という字を書いて、自分の部屋の壁に貼りつけたのです。

なんだか聞いたところによると、昔の誰とかさんは手にナイフを持って、眠くなると自分の膝をついて目を覚ましながら勉強したものだ――なんていう話を聞きながら、ようし、俺もそのくらいやってみよう。克己だ。おのれに克たなければならない。おのれに克つというのは克己ですね。コッキと読みます。だけど、やっぱり駄目ね。眠くなると、もういいや、というので寝てしまう。

　ぼくが少し楽になったのは――。たとえば、走るのが速い人がいる。これは生まれつき速い人がいるのです。努力をして速くなる人もいるかもしれない。トレーニングによって人間の能力は開発されるかもしれない。でも最初から、磨けば光る玉でなければ、光らないのだとぼくは思います。みんなが努力して同じように練習すれば、イチローのような野球選手になれるか。それはなれない、あるいは、かつての石原裕次郎になれるか。彼は股下九十何センチとか言われたけれども、ぼくなんか七〇センチないのですよ。努力をしたからといって脚が長くなるかというと、これはならないのです。

　変な言いかたですが、人間というのは不平等に生まれてくる。いかに憲法が平等な権利とか、そういうことをうたっても、人間が生まれてくることに関しては不平等です。人間が生まれてくるときは、自分がどんなに努力をしても、自分の両親を選択することはできない。たとえば、自分はイギリス人に生まれたかったとか、本当はペルシャ人に生まれたかったとか、いろいろあるじゃないですか。でも、それは努力をすればかなうというものではないでしょう。あなたは日本人に生まれたわけだし、ぼくはぼくの両親のもとに生まれたわけだし、父も選べない、母も選べない。そして国籍も選べない。人種も選べない。生まれてくる時代も選べない。

たとえば、NHKのドラマなんかを見ていて、俺はああいう戦国時代に生まれて、頑張って、織田信長(おだのぶなが)みたいな一国の将になりたかった、お城でもつくって――などと空想することはできます。あるいは司馬遼太郎(しばりょうたろう)さんの本を読んで、いやぁ、幕末に生まれて坂本竜馬(さかもとりょうま)と一緒に頑張りたかったとか、いろいろ思う人は多いでしょう。でも、それはできない。いつ、どの時代に、どの国に、どのような立場で、どのような人間として生まれてくるかということを、ぼくらは自分の努力とか善意とか誠意とか、そういうものではまったく選択できないのです。

たとえば、素晴らしくスポーツに向いた素質を持って生まれてくる。あるいは絶対音感なんかが備わっていて、もう音楽の道に進む以外にないと思われるくらいの才能を持って生まれてくる。あるいはなんの取り柄もない、特色のない人間として生まれてくるか、野心家に生まれてくるか。あるいは外見が素晴らしく人を魅了するような――彼が書いているように、美しい容姿に恵まれ、通る人みんながふり返ってしまうような人間に生まれてくるのか、平凡な人間に生まれてくるのか。黄色い肌に生まれてくるのか、白い肌の人間に生まれてくるのか、黒い肌に生まれてくるのか。金髪に生まれてくるのか、ブルネットに生まれてくるのか。これは誰が決めたかわからないけれども、与えられたものなのです。

そのことを考えると、人間というのは、さまざまな形でハンディキャップがあったり、ばらばらな違いがあったり、選ぶことのできない宿命のようなものを背負って生まれてくるということを、どうしても納得せざるをえないわけですね。

それだけでなく、最近はＤＮＡとか遺伝子とか、そういうことがいろいろ言われます。昔は、お坊さんが「宿業」なんて言ったものです。「前世の因縁で」とか、いろいろ言ったものだけれども、最近はDNAとか遺伝子とか言いますね。そして遺伝子を解読すれば、その人がいつ頃白血病で血液のガンに罹るかということさえもわかるとか、そういうふうな時代になってくる。そこまで人間の遺伝的な要素というものが確定されてしまうと、もういやになってしまうよね。たとえば外見とか容貌とか、運動神経とか、絵を描く才能とか、こういうものは誰が見ても向き不向きというのがひと目でわかる。強い意志で努力する人は大きな夢を持って頑張っていけば、かなわないことは絶対にないのだ、と、「意志」ということがよく言われます。

　では、どうすれば、その意志という強いものを身につけることができるのか。たとえば、走るのがすごく速い、ジャンプが得意だ、おのずと勉強もしないのに歌をうたうのが上手いということと同じように、ある程度、生まれつき意志の強い人と弱い人がいるのではないか、というふうにぼくは思うのですね。

　つまり、先ほども述べたように、意志は鍛えれば強くなる、だけど鍛えるためには意志が強くなければいけない、とこういうことがあるのです。

　今でもよく冗談めかしてその話をするのですが、ぼくの友達のお医者さんで、息子さんがもう本当に意志が弱くて、何をやっても三日坊主で終わってしまうというので、そのことが悩みの種だった人がいるのです。その人があるとき新聞を読んでいたら、その下に広告が出ていた。どことかの宗教団体にお金を払って深山幽谷で三カ月間の特訓をやれば、見違えるように意志の強い子供に生まれ変わって帰ってくるという。これはいいと思って、いやがる息子さんを説得し、六十万円だかいくらだか、お金を払って送りこんだのです。

　きっと何カ月かあとには見違えるような意志の強い少年になって帰ってくるんじゃないか、と楽しみにしていたら、その山に行って三日目ぐらいに大阪の南署かなんか警察から電話がかかってきて、「これこれはおたくの息子さんですか」「はいそうです」「今、なんだか知らないけど、裸足で道頓堀の橋の上をうろうろしていたので補導して、こっちで預かっていますから、引き取りに来てください」と言うので、びっくりして引き取りに行った。

話を聞いてみると、その特訓では午前三時半ぐらいに起床して掃除をし、それから座禅を組む、講話を聞く、一日二食で、たいへん粗末な食事をしながら、テレビもなければ雑誌も漫画もないというなかで、滝に打たれたり、いろんな修行をするというわけですね。

そういう生活を三カ月も続けられるというのは、そもそもが相当に意志の強い子ではないか。トレーニングしたら意志が強くなるということもあるだろうけれども、その生活に負けないで三カ月とにかく頑張れる子供は、最初から意志が強いのだと思う。意志の弱い子は続かないのがあたり前ですよ。

そういうことを言うと、じゃあ人間は努力しなくてもいいんですか、などとよく言われるけれども、これも努力のすごく好きな体質の人がいるのです。

ぼくは努力が嫌いなんだね。嫌いというか、努力が続かないタイプです。だから、毎日こつこつ少しずつ原稿書いてりゃいいものを、締切日は過ぎているのに、毎日毎日だらっとして、悶々(もんもん)としながら延ばして、これ以上遅れると雑誌が出なくなるというぎりぎりのときに、やっと徹夜して書きあげる、という生活が今でも続いている。それはもうなおらない。ところが、同じ作家でも、すごく早く原稿を書きあげ、机の上にきちんと揃えてあって、締切日前に渡すという几帳面な人もいる。それはやはりその人のタイプですよ。

だから、君は意志が弱い、もっと頑張らなきゃ駄目だ、と言うけれども、世の中にはいろんな人がいます。

前に紹介したように、ぼくの知っている子供で、勉強が本当に好きで好きでしかたがなくて、中学の頃にもう高校どころか大学の課程まで全部、勉強してしまった子がいるのです。でも、親は心配で、もうちょっと遊べと言うのだけれども、その子は、親が禁止するとトイレのなかでも勉強する。それでも叱ると今度は布団のなかに入って懐中電灯をつけて勉強するというふうで、勉強することがその子の生きがいであり、喜びなのだね。もう嬉しくて嬉しくてしかたがない。もうちょっと遊んでくれればな、と親は本気で心配していたけれども、そういう子供もなかにはいる。だから、人はさまざまなのです。

風を待つ

では人間は努力しなくてもいいのか。これは不思議なことなのだけれども、努力をしようという気持ちになるということは——自分でそういうふうに持っていくということはなかなかできないところがある。でも、努力したいという気持ちを持っているだけでもずいぶん違うと思います。

ぼくはよくたとえ話をするのです。風を受けて走るヨットがあったとします。いくら走りたいと思っても風が吹かなければヨットは走らないですね。無風状態では走らない。だからといって帆も上げないで昼寝をしていたのでは、せっかくいい風がふわっと吹いてきても、ヨットは走るチャンスを逃してしまう。だから、ヨットが走らないのは俺のせいじゃないよ、と。それは風が吹かないせいだから、しかたがない、というふうに思っていいのですね。ただ、風が吹いたときにその風を受けて走れるように、せめて帆を上げて、どっちからか風が吹いてこないだろうかな、というふうに風を待つ、そういう気持ちの準備だけはしておいたほうがいいのです。

つまり、努力はできなくても、できたらそういうチャンスがめぐってきて自分にやる気が起こってくれたらいいな、そうしたら一生懸命頑張るのに、と。

自分が努力をしようとするきっかけを待つ気持ちというか、それまでなくしてしまうと、風が吹いても駄目ですね。風が吹いてもその風をうまくつかむことができなくなる。

風を待つ気持ち。風に吹いてほしいと思う気持ち、風が吹いたら俺は走るぞという気持ち。それでやはり風を待つ。やがて風が吹き、潮の流れが動きだすとヨットは走る。

だからその両方、必要なのです。両方必要なのだけれども、人間は、さあ努力をするぞと決めた今から努力できるものでは絶対にない。努力をしよう、努力をしなくちゃいけないという、何かそういう気持ちに追い立てられるときが人間には来るものなのです。

煙草を喫う人が、煙草をやめたいと思って禁煙する。なんべん禁煙してもうまくいかない人もいるけれど、ぽっと煙草をやめられるときというのがある。ぼくは正直に言うと十三歳の頃から煙草を喫っていて、四十いくつのときまで三十年ちかく煙草を喫っていたのですが、あるとき、ぱっと煙草をやめた。それは、そんなに頑張って努力したのではなく、そういうきっかけがあって、何かすらっとやめられたような気がするのです。でも、やめたい、やめたい、とは心のなかでやはり思っていた。

そのときぼくは、「気胸」といって呼吸器のぐあいが悪くなる症状がちょっとあった。気胸そのものではないかもしれないけれども、呼吸が苦しくて、何か自分の肺が古いゴムのようになっていて、息を吸いこむことはできるのだけれど、吐くときには胸のなかにたまった息が半分ぐらいしか吐けないような残気感というか、そういう感じがすごくあったのです。息が苦しくて、地下鉄なんかに乗ったりすると、金魚みたいに口をぱくぱく開けて、胸を押さえて自分の体のなかの息を吐き出すようなことをしなければ呼吸できないような、そういう非常に不安な状態になったことがあるのですね。

ぼくは昔から、そういうときでも病院に行かないという主義だから、せめて煙草でもやめようかな、という気持ちになって、すっとやめられた。でも、煙草はやめてもやめなくてもいいと思っていたら、そういう体の不調というチャンスが来ても煙草はやめられなかったと思う。ぼくは意志が弱くて禁煙なんかなかなかできないけど、ほんとは、できたらやめたいものだな、いつかやめる機会が来ないかな、というふうにずっと待っていた。そこへたまたまそういうきっかけがあって煙草をやめられた。「風」が吹いたということなのです。それは風が吹かなければできない。

一生待っていて、風が吹くか。吹かないこともあるかもしれない。でも、吹くこともある。ずうっと待っていれば、風は一度ぐらい吹きますよ。いくらこの地球上でエルニーニョだなんだと言ったって、まったくの無風状態が十年も二十年も続くなんていうことはありえないのだから、どこかで風はかならず吹くのだ。そういうふうに信じて、風が吹いてくれれば、そんな目くじら立てて「努力しよう。

自分の意志の強さを発揮して」などと頑張らなくとも、思いがけないぐらいすらすらと努力できるときがある。

ただ、そのためには帆を上げて、風が吹いてこないかな、むこうから吹いてくるんじゃないかな、こっちから吹いてくるんじゃないかな、いい風が吹いてくれると嬉しいのだがな、と風を待つ気持ちだけはやはり心のなかに大事にして、そして風を待たなければいけない。

でも、どんなに強く願っても、それでも風が吹かないときは吹かない。風が吹かなければヨットは走らない。だから、ぼくはいつも思うのです。ものごとに失敗したとき、これは俺が悪いんじゃない、と。それは責任回避でもなんでもないのだ。

「いや、俺はちゃんと帆を上げて待っていたんだよ。でも、風が吹かなかったのだから、ヨットが走らなかったのはしかたがないじゃないか。俺の責任じゃないのだから、そんなことでがっかりしたりはしないぞ」

というふうに思う。そのかわり、思いがけずヨットが気持ちよくすいすいと走ったときに、自分は凄いだろう、というふうないい気持ちには絶対なるまいと思っている。

よく「逆境で落胆せず、成功したとき傲慢にならず」と言うけれども、うまくいったときは、これは風のおかげで走っているので、自分がヨットを操るのが上手いからじゃないよ、というふうな気持ちで、慢心しないようにしよう、得意にならないようにしよう。そのかわり、うまくいかなかったときもそんなにがっかりしないようにしよう。こういうふうに考えるようになって、少し楽になってきましたね。

納得のいかない世の中で

彼の葉書に、「人間の意志の力というのも生まれつきある程度、遺伝的にあるのではないか」とある。それはある。人間には個性というものがあるのだから、意志の強い人もいるし、意志の弱い人もいる。

しかし、意志の弱い人は意志の強い人より劣っているかというと、そんなことはないだろう。なぜなら、分析力の優れている人は直観力に欠けるという説があるし、記憶力の優れている人は創造力に欠けるとかなんかいろいろある。つまり、人間の能力というのはひとつの風船みたいなもので、片方がふくらんでいくと片方は窪（くぼ）み、そんなに差はない、とぼくは思う。ただ、ある方面にすごく進んでいたり、人生というのは短いようでけっこう何十年か長いから、その長いあいだにはバイオリズムというか、運・不運というものはあります。それはあなただって感じることがあるでしょう。この数年間は好調だったとか、この数年間はどうも冴（さ）えなかったとか。

だから彼が、たとえば自分は努力をしても報われないとか、あるいは努力をしようという気がなかなか起きなくて困ったものだ、と今は思っていても、ひょっとして何年かあとに、いやぁ、俺ってこんなに頑張れる人間だと思わなかった、というふうに自分のことをびっくりするときが来るかもしれない。でも、そういうとき得意にならずに、いや、今はいい風が吹いて、後ろから押してくれているからこんなふうに気持ちよく走れるので、べつに俺が偉いわけじゃない、と謙虚に考えてほしいと思いますね。

答えになったかどうかわからないけれども、要するに、人間はひとりひとり違う。生まれてくるときはかならずしも平等ではない。いろんな違いがあり、いろんな不条理があり、そしてぼくらはそれを選ぶことができないという難しさがある。意志の力や、努力するということについても、努力することが得意で、それがすごく好きな人、意志が生まれつき弱い人、いろいろある。鍛えれば強くなるというものではない。だけど、願う気持ちだけは誰でも持つことができるわけだから、せめて、いつか自分が頑張って努力して強い意志の力で気持ちよく風に乗って走るときが来るのではないか、来てほしいな、とそんなふうに待っているといいですね。

風が吹かないときに、いくらヨットを走らせようと思ってじたばたしても駄目。それは動かない。残念だけれども、そういうものですよ。それではあんまりじゃないか、と言われても、世の中というのはあんまりなものなのです。そんなに平等でもないし、楽しくも明るくもないし、希望に満ちているものでも幸福なものでもなんでもない。そして人が生きていくということは、ある意味では悲しみや、つらいことや、不条理とか納得のいかないそういうことに充ち満ちていると、ぼくは思います。

ですから、そういうふうに思っていて、そのなかで思いがけなく明るい幸せなそういうものにめぐりあえたならば、そのことを素直に喜び、そして、

「こういう残酷でひどい人生のなかで、自分はこういう楽しい瞬間を持つことができた。ああ、なんて嬉しいことだろう」

と、謙虚に感謝する。こういうふうにして生きていくほうがいいのではないかな、と思います。人間というのは失意の連続であり、苦しみや不幸というものは次から次へと襲いかかってくるのがあたり前というふうに考えたほうが、ぼくはいいと思いますね。

意志の力とか、そういうものも生まれつきというのはたしかにあります。けれども、二十歳ぐらいで早急に決めてはいけない。四十歳、五十歳になって、こん

な自分があったのか、と自分にびっくりするようなことがあるかもしれない。また、意志の力だけではなく、後ろから風が押して、意志の力をしのぐような大きな働きをしてくれるときがあるかもしれない。まあ、そういうふうに考えて、ゆったりと構えていたほうがいい、というふうにぼくは思います。

第十一夜　覚悟ということ

書店で五木さんの本を立ち読みしました。『大河の一滴』というのは凄(すご)い題ですね。これまで五木さんは、何かいつも自分の意見を相手に押しつけることを恐れているように見えました。しかし今度の本では、本音をズバリ言い切ろうとしているように感じられます。それよりも、最初の文章で「私はこれまでに二度、自殺を考えたことがある」とあったのには驚きました。何か心境の変化があったのですか。そこを聞かせてください。

〈東京　二十二歳　学生〉

後ろめたい気持ちから

着いたばかりの、ほやほやのお手紙です。『大河の一滴』というぼくの本の帯には、『告白的人間論』というふうに書いてあります。たしかにぼくの本としては、かなり本音を言い切っている部分がある――ちょっと恥ずかしいけれども、そういう気がするのです。

ぼくのこれまでのスタイルというのは、「ぼくはこう思うけれども、それはあなたがどう思おうとあなたの自由です。ぼくはけっしてぼくの意見をあなたに押しつけることはしませんよ。だけど、まあ、これが何かひとつの、物を考えていく上でのヒントにでもなれば非常に嬉しいのですが」という感じなのですね。だから、語尾に疑問符のつくときが多かった。「……と思うのですが、どうでしょうか」とか、「ぼくは……と思うのですが、違う考えのかたもいらっしゃるかもしれません」とか、そういう回りくどい表現がわりと多かったのです。

今度の本は、読むかたが、あれ？　五木さん、ちょっと違ったな、というふうに思われるかもしれない。

ひとつは、とてもじゃないけど何か言わずにいられないような、とんでもない時代にわれわれは飛びこんでいるということ。それから自分に残された時間がそんなにたくさんあるだろうかということ。そして、もうこのへんで、考えていることをいろいろと——遠回しに「あなたはあなたの考えたとおりになさればいいですよ」と言うより、「ぼくはこうしたほうがいいと思う」ということを一生に一度ぐらいは直言するというか、ストレートに言ってみたいという気持ちがずっと心の底にあったのです。

その「あとがき」にも書きましたけれども、これまでどうして自分の信じていることを強く相手に言おうとしなかったのかというと、はっきり言って、すごく後ろめたい気持ちがあったからです。後ろめたい気持ちというのは、何度も話しましたが、今から五十数年前に、昔「外地」と言っていた日本の植民地、朝鮮半島で敗戦を迎え、それから当時の三十八度線を越えて、命からがら日本へ引き揚げてきたわけです。

最近では「引き揚げ」という言葉も死語になってしまった。帰国子女というとカッコいいけれども、その頃引き揚げというのは最悪だった。「引揚者(ひきあげしゃ)みたいだね」という表現さえあったぐらいです。貧しいとか、みじめったらしいとか、その代名詞みたいなものでした。

そういうふうにして戦後の混乱の、ソ連軍だ、やれなんだかんだと入り乱れたなかから、命からがら三十八度線を徒歩で越えて帰ってくるというのは大変なことで、帰ってこれなかった人がすごくたくさんいます。

平壌(ピョンヤン)で敗戦を迎えたのだけれども、戒厳令下で国内の移動禁止令が出ていて動くことができなかった。でも、食べるものはない、発疹(はっしん)チフスや伝染病は流行(はや)る、とにかく、なんとかしなければこのまま共倒れだというので、こっそりと深夜に市街を脱出し、昼は草むらにじっと隠れて、夜だけ這(は)うようにしながら南のほうへ南のほうへと移動していったわけです。ぼくら最初は八十数人のグループで出発したのですが、結局、最後に船で博多へ着いたときは三十数人になっていました。ということは、帰ってこられなかった人のほうが多かったのですね。どんな人が帰ってこられなかったか。人間的にいい人が帰ってこられなかったのです。たとえば、ここにひとつのパンがある。そのパンをふたりで半分ずつ分ければいいけれども、とりあえず、どちらかがそれを取るというときに、あなたからどうぞ、と遠慮がちに言う人は食べることができなかった。当時の三十八度線を突破していくトラックがある。トラックに三人しか乗れない。こっちには五人いる。そういうときに人を押しのけてでも乗ったような人間が、結局は帰ってこられたのですね。

今『タイタニック』という映画が人気を集めているそうだけれども、ああいう極限状態のなかで人間性をきちんと持っていて、マナーを大切にし、そして思いやりを――というような人は結局、あとに残ることになるのです。

人を押しのけてでも自分のわがままを通すというか、強引な、エゴイスティックな人間が最終的には生き残っているところがあって、自分が生きて無事に母国に引き揚げてこられたのは、帰ってこられなかった人たちを……たくさんの人たちを押しのけ突き飛ばして、その人たちを踏み台にして生きてきたという、その後ろめたさがどこか心のなかにあるのですね。

そういう人間……それもたとえば堂々と「自分は大悪党であります」と宣言できるような悪党だったら救いようがあるけれど、ケチな小悪党で、ずる賢く立ち回って、人を押しのけて、やっと自分の椅子を確保して引き揚げてきたような人間が、何か自分の考えていることを小賢しく他人に説教なんか、できるわけないだろう、という気がずっと心のなかにあって、何か言うときでも遠慮しいしい、「いや、私はこういうふうに考えさせていただいているのですが、どうお受け取りになりましても、それはあなたのご自由でございます」みたいな、そういうところがいつもあった。

でも、人に何か物を言うときは、自分のことを棚にあげなければ言えないですね。はっきり言うと、ぼくにも見えている部分がある。つまり、今の時代はこうだ、これからこういうふうになっていくということが自分には見えている、と思っているところがある。間違いかもしれないけれども、絶対、こういうふうになっていく、これから先の時代というのは。たとえば自己責任とか市場原理とかと言っているけれども、それは強いやつが勝つという世の中になっていくということです。

本当は、そうであってはいけない。人間はあくまで人間なのだから、みんなでかばいあいながら、ハンディキャップのある人も、弱い人も、心優しい人も、手をつないで生きていける社会をつくっていこう。これが人間らしい人間なのだけれども、これから先の社会というのは明らかに市場原理、つまり強いやつが勝つという、それが露骨に出てくるような世の中になってくる。そのことがぼくにはわかっていると思うし、その時代をぼくらはどういうふうに生きていくかという大問題に対して、自分は自分の体験から、こういうふうに生きるべきだ、という感じがあるのです。

自殺のことも、これまでは他人ごとのように統計を紹介したり、自殺の背景になるものを語ったりしてきたけれども、自分のこととして考えてみると、これはなかなか口ごもるところがあります。

しかし、どんな人間でも何回かは「もう死んでしまいたい」と思うようなことがあるのではないかなと思いますね。ぼく自身も具体的に方法まで考えて、こういうふうにしようと決心して踏み切れなかったことが、これまでに二度あるので、そんなことなども思い出しながら、そういうなかから何によって自分は立ちなおってきたか、そして弱肉強食の時代にどういうふうに生きていこうと思っているかということを、思いきって今度は喋(しゃべ)らせてもらったのです。

「悲しみ」と「愛」

ぼくはいつもよく言うのですが、「悲しむ」というのはすごく人間的なことで大切なことです。悲しむという気持ちのもとにあるものは、「惜しむ」という気持ちです。なごりを惜しむとかね。その惜しむというのはどういうことか。

たとえば『万葉集』のなかに出てくる大伴家持(おおとものやかもち)の、

うらうらに照れる春日にひばり上がり　こころ悲しもひとりしおもへば

うらうら、いい天気の春の日に、さんさんと陽射しが青空から降りそそいで、麦畑が万葉の時代にあったかどうかわからないけれども、とにかく青々とした草原の上で、若いひばりがぴーちくぱーちくと気持ちよくさえずっている。まことに心が躍るような幸せな風景ではありませんか。そういうなかで万葉びとがひとりじっと佇んで、どういう感じを受けているかというと、「こころ悲しも」なのですね。

こころが悲しい。万葉の頃の「悲しい」というのは今と違うニュアンスで使われていますから、ただやたら悲しいというのではなくて、天地万物、自然のいろんなものが心のなかに、全身にしみこんでくるような感覚、そういうのを「悲し」と言っています。

この「悲し」という言葉は「愛し」という言葉とも重なっているような気がす

る。

それは何か。なぜそこで悲しいのか。春の日にひばりがぴーちくぱーちく鳴いて、青々として気持ちがいい季節なのに、なぜ万葉びとは「こころ嬉しも」と詠わなかったのか？

ぼくは中学生の頃、不思議に思って先生に聞いたら、「ばかやろう、おまえ、悲しいという言葉はその当時は違うんだ」「どんなふうに違うんですか？」「それはわかんないけどさ」とか言われて、このやろうと思ったことがあったけれども、とりあえず、「こころ悲しも」と詠ったわけです。

中国では「秋風秋雨　人を愁殺す」という言葉があって、秋の雨とか風で人の心に愁いが生ずると感じる。ところが日本人は、春の日に元気のいいひばりのうたうのを聴いて、青々とした草原と青空に浮かぶ白い雲を見て、それでこころが悲しい。この悲しいというのはどういうことか。

大伴家持は考えた。こういう春の日も、やがてあっという間に季節が変わって過ぎ去ってゆくであろう。そして夏の日が来て、秋が来て、冬になっていく。季節はめぐって、この青々とした草もやがて黄色い枯れ草になるであろう。あの若々しくさえずっているひばりもやがて短い生を終えて消えてゆくであろう。そしてそのような自然の季節の移り変わりを眺めているこの自分も、あっという間に年老いて、この人生から去ってゆくであろう。すべてのものが別れていかなければいけない。こんなに美しい世界となぜそれぞれに別れて変化していかなければならないのだろうか。そう考えるときに、今このひとときを惜しむ、という気持ちが生まれてくると思うのです。

去ってゆくものは惜しいのだ。ドイツの文学者が「離れていくものに愛をおぼえるというのは、なんと不条理なことであろう」と言っているのです。つまり、人間が愛するというのは、いつまでもここにあるものを愛するのではなくて、遠ざかってゆくもの、自分から離れていこうとするもの、去っていくものに寄せる、それを惜しむ気持ちが「愛」だという表現なのですね。

よくあるじゃないですか。別れないでくれと言うのに、いや俺はもう、と出ていく人にますます思いが強くなって、永遠に居すわるような人に対してはべつに愛情も感じないということが。離れていく者に対して、人は愛を感じる。

そう考えると、そこで万葉びとが感じた、つまり、去っていく春、過ぎ去っていく自然、そして年老いてゆく自分、そういうものに対してそれを惜しむ気持ちから、悲しいという気持ちが生まれてきて、悲しいという気持ちから、この一瞬を愛するという気持ちが生まれてくるのだと、ぼくはそういうふうに思うのですね。

愛するということが今はものすごく難しい時代になっているのだけれども、それは悲しむということがわからないからだ。去っていくということに対してそれを惜しむ気持ちがないからだ。もっと極限的に言うと、今ここにあるものはすべて変わっていく。去っていく。自然はすべて変化する。人間も老いてゆく。病を得る、そして死んでいく。天地自然も変貌していく。春もあっという間に過ぎていく。すべて目の前にあるものは色即是空で、消えていく。遠ざかっていき、みな別れなければいけないのだ。友情もどこかで変わる。美しい自分の恋人も老いていき、やがて死んでゆく。生まれてきたものは、今向きあっているものは、すべて別れなければならないのだ。そういう気持ちをきちんと持つということがじつは大事なのですね。

そこから結局、それを惜しむ気持ちが生まれ、惜しむ気持ちから悲しむ気持ちが生まれ、悲しむ気持ちから、いとおしむ気持ちが生まれ、そこから愛が生まれてくる。

というふうに考えますと、マイナス思考に徹しよう、覚悟を決めようじゃないか、つまり、人は別れていく存在である、親友だって別れるのだ、恋人だっていつかは別れていく、夫婦だって仲良く暮らしていても最後はひとりで死んでいかなければいけないのだ、というふうに覚悟を決めて、徹底的なネガティブ・シンキングの一番どん底から、それを惜しむ気持ち、悲しむ気持ち、いとおしむ気持ち、そして愛する気持ちを、もう一ぺん取りもどす必要があるのではないか、と。

べつに押しつけるわけではないけれども――。ぼくのTBSラジオの番組も十九年目に入って、ずっと続いています。だけど、ぼくが心筋梗塞(しんきんこうそく)になったりボケたりしたら番組は続かないじゃないですか。やがては番組も終わる。しかし、やがては終わるその番組を、この春の一夜、全国津々浦々のどこかで、いろんな雑音のなかから一生懸命ひろい出しながら聴いている人がいる。そして一瞬、見えないところで見えない人間同士が、ほんとにそうだなと思い、あるいは冗談じゃないと思い、そんなふうに気持ちが交錯する瞬間がある。このことを大切にし、そしてその瞬間はやがて消えるということを惜しむ気持ちから、悲しむ気持ち、いとおしむ気持ち、愛する気持ち、というふうに持っていくしかないんじゃないかな、というふうに考えるのですね。

すべてのものが永遠に残ってゆくのだ、自分は永遠に若いのだ、永遠に元気なのだ、などと思っていたら、いわゆるプラス思考、プラス思考と言いますが、ものごとの明るいところだけを見つめていても、本当の人生の喜びというのは絶対に訪れてこない。

今度の本では、友達に期待するな、恋人に期待するな、学校の先生に期待するな、親にも期待するな、社会にも期待するな、国家にも期待するな、人間はひとりで老いていき、そして死んでいく存在なのである、この人生は束(つか)の間である、ということを覚悟せよ、というふうに、ぼくはすごくはっきりと物を言わせてもらっているのです。

そうしたところからしか、われわれは自分たちの人生に対する愛情や、世間に対する信頼や、思いがけない人間的な出会いに対する喜びや、そういうものを見つけ出すことが絶対できないところまで、もう来ている。

自分にも期待してはいけない。自分に期待していますか？　その気持ちがある限りは、まだ甘い。自分に期待しないと思うところから、それにもかかわらず自分はこれができたという喜びが生まれる。

たとえば、ぼくはきのう髪の毛を洗ったのです、三カ月ぶりに。今年いっぱい洗わないだろうと思っていたのだけれども、たまたまタイミングとチャンスがあって洗いにいって、やはり非常に感激しました。髪を洗うとこんなに気持ちがいいものかとか、いろいろ思いました。はじめから期待しないでいて、そういうことに出会うと、すごく喜ぶじゃないですか。きのうなど、どうせこの一日は平々凡々と過ぎていくんだろうな、天気が悪いし、風は吹くし寒いし、と思っているなかで髪を洗って、鏡に向かって、おおー、髪の毛に艶(つや)がよみがえってきたとか、そういうふうに思う。

小さなことでも一日に何かそういう喜びがあるというのは大切なことなので、とりあえず、期待しないなかから何かにめぐりあったときはすごく喜んで、そのことを記憶して、一生そのことを忘れずに、感謝しながら生きていく、ということぐらいしかないのではないでしょうか。

深夜の友への手紙

1

ぼくらのように物を書くことを仕事にしていますと、いろんなかたから、手紙をもらうことがあります。なかにはもう封筒を見ただけで、これはお叱り（しか）の手紙だなというふうに怖じ気（おけ）づくような、そういう手紙もありますし、時には心なごむようなお便りもある。

昔は変体少女仮名なんて言ったようですが、ガリ版に書くような、まるっこい、四角い字の中高生からの手紙などもあって、疲れたときなどはそういう葉書や手紙の字などを見ただけで心がほっと安らいだりすることがあります。

これは『生きるヒント』のなかでも紹介した話なんですが、数年前に届いたひとりの高校生からの手紙のことを、ぼくはしばしば思い出します。それは、こういう内容でした。

自分は、もともと非常に内気な性格であった。それから家庭の事情もあって、周りからは暗いと言われそうな、じめじめした人柄であった。子供の頃はそれでもよかったのだけれども、小学校にあがって、クラスのなかで自分とよく似たタイプの子供が、あいつは暗いやつだと言われて、みんなからいじめられたりシカトされたり、そういう形で疎外されているありさまを見て、子供心にものすごく不安に思い、恐怖をおぼえた、というんですね。

で、あんなふうには絶対なっちゃいけない。そのために自分のこの陰気な性格、あるいはものごとをくよくよと思い詰める、こういう人柄を絶対、隠さなくちゃいけない、と心に決めた。小学校から中学校、そして高等学校の一年生頃まではとにかく一生懸命、明るく元気よく振る舞って、自分の本当の性格をごまかして生きてきた。

学校に行く前の晩にはもうそれこそ宿題をやるように、夜中まで一生懸命あれこれ考えて、あした学校に行ったらいったいどんな面白いジョークを言ってみんなを笑わせようか、あるいは、どんな滑稽(こっけい)な失敗をしてドジなやつだとみんなに馬鹿にされようか、時にはリハーサルまで、シミュレーションまでもして学校へ行き、前の晩に考えたことを実行してはみんなから手を打って笑われ、あいつはおかしなやつだよな、というので結構クラスの人気者みたいにして今日までやってきました、というわけです。

ところが、高校二年ぐらいのときになって、どっと疲れが出て、それまでの自分の学校生活っていったいなんだったのだろうと思うようになった。自分の本来の性格とか、自分が人生に対して抱いている深刻な悩みだとか、そういうものをどういうふうにしてごまかし、仮面をかぶり、人に自分の本当の姿を見せないようにして生きていくか、ただそのことだけの努力で小学校、中学校、高校とやってきた自分。そのことを考えると急にむなしくなって、どっと疲れが出てきて、もうこれ以上やっていけない、という気持ちになってしまった、と。

もう学校へ行くのよそうか、というふうにも思い、いろいろ悩んで、そしてたまたま、その真っ最中に、五木さんが「生きる」ということに関して書いた本をぱらぱらと拾い読みをしていたら、そのなかで、人間というのは暗くてもいいんだ、と。人間というのは悩むのが本当なんだと。あるいは戸惑うとか、悲しむとか、そういう一見マイナス思考みたいに見えることが、じつはすごく大事なことなんだ、と書いてある部分にぶつかって、ほっと心が明るくなったような気がした、というんです。

ほんとにそうかどうか、自分ではいまだに信じられませんけれども、とりあえず、悲しければ悲しんでもいいいんじゃないか。泣きたいときには泣いてもいいいんじゃないか。暗ければ暗くたってかまわないじゃないか、というふうに居直れるような、そういう気持ちに今なりかけてきた。これから学校へ行って、みんなに笑われるかもしれないけれども、自分の本当の姿をそのままさらけ出して、あとはどうなろうと知ったことじゃない。今、やっとそういう気持ちになりました、というようなお手紙を前にいただいたことがあるのです。

この手紙を読んだときは、本当になんとも言えない気持ちがしました。今の若い人たちは可哀相だ。世の中がプラス思考や、明るいこと、元気のいいこと、たくましいこと、がんばること、前向きで積極的に、まあ、そういうことを中心に動いている時代には、ものごとをくよくよ悩むとか、深刻に受け止めるとか、さびしーい気持ちに駆られて愁いにふけるとか、まあ、昔で言うなら寺山修司とか石川啄木とか中原中也みたいな、青春の憂愁みたいなものに深刻に閉じこもる、それも許されたのだろうけれども、今の時代は、きっとそういうことが社会のプレッシャーとして拒否される時代なんじゃないか。

暗いことは悪であり、悲しむことは弱いことであり、弱いことは負けることであり、負けることは社会から脱落していくことである。おそらく、陰気な顔をして教室の片隅でうなだれていたりすると、善意にあふれる先生がたがそばに来て、どんと肩をたたいて、「もっと胸を張って」「前を見て明るく元気良く」「笑いを忘れないで」というふうに励ましてくれるだろうと思います。

でも、それができる人もあれば、できない人もいる。人間というのはいろんな性格、いろんな星のもとに生まれてくるので、教育とか躾によって変えられる部分もあれば、どうしても変えられない部分もあるのです。にもかかわらず、多様な人間の生きかたを認めず画一的に、たとえば昼と夜とがあったとしても、あるいは春と秋とがあったとしても、そういうものを認めずに、一年中同じ、夏でなきゃいけないと言われることは、とても苦しいことではないか。

同じように、今は全体がそういうふうに少数の心やさしき人びと、あるいは弱い人びと、あるいは、繊細な神経を持っていて、人一倍敏感な傷つきやすい心を持っている人たちの存在をなかなか認めたがらないような時代だからこそ、その人たちは仮面をかぶって自分を守らなければならない。しかし、仮面をつけて自分の実体を隠し、自分を守って生きていくのは限界があります。どこかでその闘いは破綻(はたん)するし、ひょっとしたら投げだしてしまうことになるかもしれません。

そう考えますと、その手紙を書いてくれた高校二年生の読者が、もうあとはどうなってもいい、とにかく自分のありのままをさらけ出して、それで世の中から受け入れられないんだったら、そのときあらためて考えよう、と思ってくれたことは、ぼくにとってはすごく頼もしいと言いますか、うれしかったのです。自分の書いたものをそんなふうに受け止めてくれて、その言葉を頼りに自分の生きかたを模索していこうという人もいる。そんなふうに考えますと、物書きになってよかったな、と、しみじみ思うことがあります。

そういう読者の手紙というのは不思議と頭の隅にしっかり焼きついていて、きっと自分が何かを書くときに、いろんな形で、羅針盤のように自分の考えかたに大きな影響を与えているにちがいないと思います。

これまでこうして、たくさんの手紙を読んできました。

そのひとりひとりの読者からの、自分がどうしても書かなければならない、あるいは自分がなんとかして言わなければならない、と心の底で思っているようなことが、つまり、声なき声として、ぼくの頭のなかに真空のバキュームのなかに響く谺のように返ってきて、自分の物を書く方向というものをじつは位置づけているのではなかろうか。

ひょっとすると作家は、お寺の鐘楼に下がっている古い鐘のようなものかもしれません。その鐘の音は作家の個性によって高く鳴る鐘もあれば、低く響く鐘もある。

しかし、鐘が鳴るというのは、「鐘が鳴るのか　撞木が鳴るか　鐘と撞木の相が鳴る」などと昔の俗な言葉がありますけれども、きっと作家は自分で鳴るのではないんじゃないか、と思うときがあるのです。

その鐘をつく撞木。そのつき手は時代なのか、あるいは自分の愛する人なのか、わかりませんけれども、何か目に見えない大きな力があって鐘をつく、と、ひとつの響きがそこに発する。それが作品というものではないかと考えてきました。

だとすれば作家の努力とか才能とかは関係ないのか。やはり関係あるんですね。割れて音が出ない鐘もあれば、錆びついてしまって濁った音しか出ない鐘もあるだろう。大きく鳴る鐘もあれば、嫋々と余韻を引いて長ながと鳴り響く鐘もあるだろう。それこそが作家の個性とか才能とかいうものだろうと思います。

しかし、鐘がみずから鳴るわけでもなく、といって撞木だけで鐘が鳴るわけでもない。その境目のところに作品という、その鐘の響きが生まれてくる、というふうに考えますと、一通の未知の読者からの手紙も、なんらかの形で物を書く人間に影響を及ぼしていると考えざるをえません。書き手の気持ちはやっぱり伝わっているんじゃないか、と、そう思うようになりました。

十九世紀ロシアの作家に、有名すぎるくらい有名なドストエフスキーがいます。『罪と罰』とか『悪霊（あくりょう）』あるいは『カラマーゾフの兄弟』とか『貧しき人々』など、たくさんの作品があります。今ではドストエフスキーさまさまという感じの、世界文学の大御所みたいな人ですが、このドストエフスキーは、当時の読者から大変たくさん手紙をもらう人だったんですね。

ドストエフスキーはそういう手紙を丹念に読んで、最初のうちはいちいち返事を書いていたらしいのです。あなたはこう言ってきたけれども、自分はこう思う、と。

ところが、なかなか全部に返事を書いているわけにはいかないというので、結局、個人誌と言うんですか、ミニコミ（誌）を出しはじめるんですね。

それは一種のパンフレットなんです。『作家の日記』と言います。彼は自分の力でこのパンフレットを出しつづけていくわけですが、『作家の日記』は、ドストエフスキーがそれらのたくさん寄せられた手紙などを読んで、自分はこう思うということをひとりひとりの読者に向けて返事を書くのではなく、いわばこれがすべての読者に対して自分の語りかける返事だ、という気持ちで、彼は『作家の日記』にいろんな自分の意見だとかエッセイだとか、そういうものを書いてきた文豪なんですね。

しかし、ここで、ぼくはふっと思うのです。ドストエフスキーの作品に熱中している学生や労働者、あるいは農村に暮らしているけれども、一生懸命、文芸書などを読むことを生きがいにしているような人とか、ロシア全土からドストエフスキーのもとに手紙が届き、自分で深夜それをペーパーナイフで開けて一生懸命に読む。

そういう光景を想像しますと、ドストエフスキーの日記や作品も読みたいけれども、十九世紀のドストエフスキーに対して手紙を書いた当時のロシアの文学ファンたちの手紙というものも、ぜひ読んでみたいな、というふうに、ぼくはしばしば思うことがあります。

でも、ぼくは、ドストエフスキーなんかの足もとにも及ばぬ三文文士ですから、いただいた手紙は以前は読んだあと全部、燃やしていました。

燃やすのは失礼なような気もするのですけれども、逆に、作家が死んだあと、たくさん残ったそういう手紙がゴミとして払いさげられてしまって、どこへ消えていくかわからないというのも申し訳ないような気もしたので、読んだ言葉のひとつひとつを記憶のなかにとどめながら、手紙そのものは全部、焼却していました。マンションに住むようになってからは焼却というわけにいかなくて、家庭用のシュレッダーを使って、申し訳ないけれども切り刻ませてもらってます。

一冊の本を介して、それまで縁もゆかりもなかった人が何枚もの手紙を書く。そして自分の個人的な気持ちをその作家に伝えようとする。

そういうこと自体がすごく大事なことだし、また面白いことだし、今の時代にはとても必要なことなんじゃないか、という気がしています。読者からの手紙を丹念に読む作家、なんていうと、ひどく通俗的なセンチメンタルな感じをお持ちになるかもしれませんけれども、ぼくはそう思いません。

自分自身が、かつて少年時代に九州の片隅で一冊の本を読んで、どういうふうに手紙を書いていいのかわからないので、自分の日記のなかでその読んだ本についての感想を一生懸命書いた記憶からしますと、直接、作家に対して手紙を書くというのは大事なことです。これほど深い著者と読者、つまり書き手と読み手のつながりはないんじゃないか、と思います。

これからメディアというものがますますエレクトロニクス化して、テクノロジーのなかで乾いたものになっていきますから、そのなかで一冊の本を手に取って、見たことも会ったこともない著者に手紙を書く。一生の間に一度くらいはそういうことがあってもいいんじゃないでしょうか。

手紙を書いた人は、作家から返事が来なくてもがっかりしないでください。返事がなくとも作家はきっとその手紙を読んでいる。そして、その後の作品に大きな影響を与えるのです。仮に読まれなくても、自分がその手紙を書いたということは、その書いた人にとって、とても大事な思い出になる。そんなふうに考えたほうがいいんじゃないでしょうか。

2

ぼくはいつも考えるのです。人間にとって本当の幸せとはなんだろう？　と。たぶんそれは百人百様で、ぼくにとっての幸せが、彼にとっての幸せとは絶対に限らない。昔の人にとっての幸せが、今生きている人にとっての幸せとは限らない。

でも、でもやっぱり人間は、生きていくことを自分で放棄することほどつらいことはないんじゃないか、と、ずっと考えてきました。ぼく自身も何度かそんなふうな——もう生きることを投げだしたいという衝動に駆られたことがないわけではありません。

「がんばれ」という言葉は、まだ立ち上がる余力が残っていて、なんとか立ち上がろう、と一生懸命もがいている人間に対しては、ものすごく力づよく頼もしいものではないかと思います。「さあ、この腕につかまれ、一緒に歩いていこう」

という励ましがあれば、それはもう、そのときどれほど頼もしく、うれしいことかもしれません。

しかし、人生のなかでは、もう絶対、立ち上がれない、これ以上どうしようもない、という局面もあるものなんですね。たとえば自分の愛する人、あるいは自分の本当に大事な人を失ってしまった。その人に対して「がんばれ」という言葉がどういう働きを持つか。ぼくは疑問に思います。そのときに、

「じゃあ、がんばったら彼は還ってくるんですか？」

「わたしががんばれば、あの子は戻ってくるんですか」

と、反問されたらぼくらはどうしようもありません。

本当の絶望にうちひしがれている人間、もうどうしようもないんだ、と諦めきっている人間、この痛みは自分以外の誰にもわかってもらえないんだ、と自分の殻のなかに閉じこもっている人間。そういうぎりぎりの立場の人に、もしも何か役に立つことがあるとすれば、それは「がんばれ」という励ましの言葉ではなく、その人の心の痛み、苦しみとか、あるいは絶望、そういうものに対して自分はな

んの手助けもできないんだ、と痛いほど感じて、大きなため息をつく。あるいは黙ってその人の顔を見つめている。極端な例を言えば、そばにいて涙をぽろぽろ流しているだけ。相手のてのひらの上に自分の手を重ねてじっとしている。何も言わない、いや、言えない。むしろこういうことのほうが、人間の孤独な苦しみを少しでも受け止めて軽くすることができるのではないか。孤立した部屋の窓を開けて、そこから他者に自分の痛みを伝えていく役割をちょっとは果たせるのではないか、と思うのです。

そういう心の状態を、古い仏教の思想では「悲」という言葉で言いますね。古いインドの言葉では「カルナー」というのだそうですけれども、「がんばれ」という言葉ではなく、思わず知らず心の深いところからあふれ出てくるため息のようなどうしようもない感情、呻(うめ)き声、これを「悲」と言います。

英語には「カンパッション」という言葉があります。カンパッションというのはたぶん、他人の痛みを自分の痛みのように感じる、ということなのだろうと思います。「悲」はその感情に近いのではないか。いわば古風な母親の感情にも似ているのかもしれない。

もし昔の時代の母親だったら、自分の愛する子供が絶望のどん底にあって、もう立ち上がる気力もない、誰が見ても起きあがる力もない、という局面にあるとき、あえて「がんばれ」とは言わないと思います。黙ってそばで涙を流して、もしおまえが地獄へ行くんだったら自分も一緒についていくよ、と言わんばかりの気持ちで、ただじっと耐えているだけなのではないでしょうか。こういうものではなかろうか、という気がします。

人間にはできることと、できないことがあって、できないことがあると知ったとき「悲」という感情が目覚めてくるのではないか。

他人の苦しみを全部、自分がかわって引き受けることなどできない。本当に絶望している人間に言葉ひとつで希望を与えることなどはできない。こういう人間の無力さというものを知った上で、それでも黙っていられない、だからといってその人のそばを離れていくには忍びない、そういうときは、ぼくたちはただうなだれて深く大きなため息をつくだけです。そばにいて無言で涙を流している。こういう感情を「悲」と言うのだろうと思います。「悲」という感情こそ、今この近代社会のなかで無意識のうちにみんなが求めている感情だろうと考えることがあります。

喜びとか、笑いとか、あるいはユーモアとか、そういう明るいものとくらべて、ものすごく封建的で古くさい感じのする「悲」とか「涙」とか「泣く」といったことを馬鹿にしない、そしてその奥にある大事なものを、もう一ぺん、ぼくらは取りもどさなければならないんじゃないか、というふうにも思うのです。

人間は悲しむことによってもその命がいきいきとする。喜びや、プラス思考と同じように。

ぼくたちにはできることと、できないことがある。ボランティアをいくらしようとしてもできないことがある。できないときにどうするか。そこで深い深いため息をつく。その深いため息は、かならず孤独に自分だけで痛みを感じている人びとの心のなかに届くはずだ、そんなふうに思いますね。むしろそのほうが大事なことではないか。

ません。

「治すのではなく癒す」という言葉が今、流行語のごとくに使われます。この「癒し」という表現には、ぼくはちょっとなじめない感じがあって、あまり使いません。

これは、宗教学者の山折哲雄さんが講演のなかで紹介されていたお医者さんの話ですが、そのお医者さんは、それこそ死を覚悟した患者さんに対して、三つのことをするというんですね。ひとつは、痛みを止める。とにかく、延命とかなんとかよりも痛みを止めることに全力を尽くす。その次は、さする。体を手でさってあげるということですね。三つめはほめる。

近代の医学を学んで、ありとあらゆる先端技術の粋のような医学の最前線にいる医者にできることというのは、痛みを止める、体をさする、そして患者さんをほめる。それが今の医学にできる最善の処置であるということを考えてみますと、山折哲雄さんが紹介された話は重みを持って、ぼくには感じられてきます。医療というのは、本当はそんなところではないのかな、という気さえしますね。

人間は自分の存在を認めてもらうことによって、生きる力をあらためて見出すこともできる。そして人間の手で、自分のつらいところや痛いところをさすってもらう、あるいは、てのひらをのせてもらうだけでも、自分の痛みが少し鈍くなる気がする。

こんなふうなことを考えますと、「悲」という感情――これはいわくいいがたいものなのですが、効果をデジタルに測ったりすることのできないそのような感情こそ、今、ぼくらがこの現代にもう一度とりもどす、あるいはもう一ぺん発見しようと努めるべき大事なものなのかもしれない。

近代というものは、できるだけ合理的で乾いた世界を追求してきた時代であろうと思います。それはたしかに新しい光だった。古い時代のジメジメした義理人情や、家族関係や、閉ざされた社会のいやなものを、スッキリと洗い流してくれる希望でもありました。しかし、今、その近代がひび割れた乾ききった世界をつくりだしている。ぼくたちの身のまわりには、まだ古い封建的なものがたくさん残っており、それを克服しなければどうにもならない点もある。本当の困難は、その近代と前近代との両方を同時になんとかしなければならない現実にあるのかもしれません。

「生きるよろこび」という話をしようと思いながら、ぼくたちの直面する厄介(やっかい)な問題をつい考えてしまいました。

3

ぼくにとっては、変な言いかたですけれども、小説を書く仕事が自分のまあ配偶者といいますか、そういうものであるとするならば、かつての一時期、歌と音楽は、何か心の恋人みたいなところがありました。

ぼく自身、若い頃から歌と音楽に関(かか)わりあいを持つような暮らしが続いてきまして、ちょうど年齢でいいますと二十代の半ば、大学をヨコに出て、というとカッコいいのですけれども、途中で追い出されまして、そして当時のコマーシャル、今でいうCMソングの仕事に関わりあいを持つようになって、そこから次第次第にポップスとか歌謡曲、あるいは子供の歌とか童謡とか、歌づくりの方向へ自分自身の人生が少しずつ深入りしていくようになりました。

当時、一九五〇年代から六〇年代にかけて、ミュージカル運動というものがひとつの流れとして、世の中に大きなインパクトを与えたことがあるのです。ぼくもそういうなかで、たとえば、葉山嘉樹(はやまよしき)さんという有名なプロレタリア文学の作家がいるのですけれども、その古典的名作と言われている『セメント樽(だる)の中の手紙』という作品をミュージカルに自分で構成し、つけたタイトルが『傷だらけのギター』というのです。

ちょっと照れくさいのですけれども、ペギー葉山さんとか友竹正則(まさのり)さんとか、そういうかたたちの手で大阪労音のステージにのり、上演されました。

その『傷だらけのギター』という(テーマ)曲がアイ・ジョージさんの歌でレコードになったとき、歌ってのはすごく面白いものだな、と、つくづく感じたことがあります。

やがてレコード会社にスカウトされました。当時はレコード会社の専属の作詞家といいますと結構それだけで名刺の肩書に刷ったりする人もいるくらいで、作詞家の先生、というふうに言われてました。

しかし、ぼくはどちらかというとちょっと地味な歌づくりの生活に明け暮れていた。子供の歌をつくったり、あるいは、もうお亡くなりになりましたけれども、安川加壽子（かずこ）さんのピアノ曲集などの制作にタッチしたり、作曲家の宅孝二さんと組んで、国体の音楽をつくったりしていたのです。

ぼくがお手伝いをしてつくったレコードで大ヒットした、当時のＬＰレコードがあります。『耳できく鉄腕アトム』のシリーズなんですね。ぼくが構成者に名前を連ねていますが、これは大ヒットしました。

そういうことをずっとやりながら、音楽の現場で長く仕事を続けてきたということは、いまだにぼくのなかで自分の懐かしい青春と重ね合わせて思い出されますから、今でも歌を聴くだけではなく、歌づくりの現場、あるいは歌が生まれていく過程、そういうものにタッチしたりしますと、何か心が沸（わ）き立つ感じのすることがあります。

ぼくはこの二十五年来、小さなパフォーマンスの会を時どきライブでやっているのですけれども、その会の名前は「論楽会」というんです。講演じゃなくて論楽会、音楽会でもなくて論楽会。結構エネルギーを使うのですけれども、自分にとっては生きていく上での活力になるところがあって続いています。

そこではかならずぼくが最初に短いスピーチをして、ゲストに招いたミュージシャン、音楽家、歌い手、俳優さん、あるいは、踊り手さん、そういう人たちとステージの上で対談したり、詩の朗読をしたり、あるいは生の音楽を——そこで演奏してもらったり、うたってもらったりすることもあります。

そういうふうに音楽をつくってきて、歌に生で接するということは、ぼくにとってみますと本当に自然のことであり、自分の生理から出てくる要求のようなものなんですね。

しかし、いつもそのなかで、ある苛立ちがある。その苛立ちとは何か、と考えてみますと、自分たちのこの日本語で、日本人の心に迫る本当の日本の歌というものが、私たちのなかに共通の文化遺産として残っているだろうか、という苛立ちであるらしい。

一九六五年に、わずかなお金を持って横浜の港から〈バイカル号〉というロシアの船に乗りました。ナホトカへ向かう航海のなかで、夜、乗客を集めて船長主催の歓迎パーティーがあるんです。そしていろんな余興がホールでくりひろげられるんですけれども、船員さんたちのなかには芸達者がいて、バラライカの演奏で素晴らしい四部合唱などを聴かせてくれることもあります。

そして、乗船している各国のグループが、それぞれの国の歌をうたいます。やがて日本人の乗客に呼びかけて、何かうたってください、というリクエストがありました。じつはそのとき、ある日本のスポーツ選手団が同じ船に乗っていたのです。大学生を中心としたグループなんですけれども、俺(おれ)たちも何かやろうと相談して、みんなで合唱をやります、と言ってステージに上がった。ロシア人の司会者がそのグループを紹介します。

「彼らは、自分たちの愛する日本の歌をうたってくれるそうです」

ステージに勢ぞろいした若いスポーツ青年たちが、いっせいに拳(こぶし)をふりあげてうたいだしたのは、「雪山讃歌(さんか)」なんですけれども、それを聴きながら、客席にいたアメリカ人とかイギリス人の青年たちが英語で一緒に合唱しはじめたので、ぼくも思わず、この「雪山讃歌」という有名な歌は日本語の詞がついているけれども、こいつは日本の歌だったかなあ、と首をかしげたことを思い出します。

ぼくらが小学唱歌とたいへん懐かしく思っている歌が、じつはアイルランドの民謡であったり、たとえば卒業式や別れのときにうたう「蛍の光」が〝Auld Lang Syne〟であったり、そういうことを考えてみますと、日本人のための、ぼくらの本当の歌というのは、いったいどこにあるのか。

民謡があるじゃないか、演歌があるじゃないか、と言われても、それだけではなんとなく釈然としないといいますか、みんなでうたえる日本人の歌があればいいんだがな、というふうに思うことがあります。

これも思い出話なんですけれども、何年か前に、大統領をやめたあとのゴルバチョフ氏が日本にやってきたことがありました。少人数のプライベートな歓迎会がありまして、その席上で、歓待する側の日本の高名な政治家が、

「今日はゴルバチョフさんに対して歓迎の意味をこめて、私が歌を一曲うたいま

す」

と、おっしゃった。

何をうたうのだろうと思っておりましたら、あの「瀬戸の花嫁」をバック・コーラスをつけて朗々とうたいだされたのです。まあ、たいへんうまい歌でした。で、満場の拍手喝采（かっさい）を集めたのですが、そのあと、その政治家がゴルバチョフさんのテーブルに行って、私がうたったのですから、あなたも一曲、などと言ってマイクを持たせたのです。

ゴルバチョフ氏も、最初は非常に戸惑って固辞していらしたのですが、とうとう意を決してマイクを持ち、座ったままで失礼します、などと言いながらうたった歌が、何か哀愁を帯びつつも非常に深みのある歌で、その最後のリフレインのところだけを一緒についてきた通訳の人とか大使館の人とか仲間の人たちが合唱するんですね。ロシア、ロシア、わが母なる国よ、といった文句の歌でした。それがおのずと三部合唱みたいなコーラスになっていまして、なんとも素晴らしいのです。

そういうふうに、ぼくらはどうして自然にうたってそれがおのずと和音を持った合唱になるというふうではないのだろうか、ということをつくづく感じたことがあります。

ぼくはロシアという国には愛憎ふた筋といいますか、非常に強い反感と、非常に強い愛情と、この両方がないまぜになって心のなかにあるのです。ひとつは、大学時代にロシア文学を学んだということもありますから、ロシア語とかロシアの作家たち、ドストエフスキー、トルストイ、チェホフ、ゴーリキーなど、たいへん好きなんですね。で、ロシアの文化というものに強い憧(あこが)れを抱いた時期がありました。

一方、ソ連という国に対しては、政治のやりかたとかイデオロギーとか、どうしても抑えることのできない反発があって、その気持ちは今でも変わりません。

そもそもの始まりは、戦争が終わって、ぼく自身が北朝鮮の平壌(ピョンヤン)という街で敗戦を迎え、その一カ月後にソ連軍が進駐してきたときに始まります。あっという間に、家族が住んでいた家も接収されて、着のみ着のまま放(ほう)り出され、そしてセメント倉庫のような難民キャンプに収容されてしまったのですが、ソ連軍の占領下の数カ月、そこで起こったさまざまのドラマティックな出来事は、いまだに思い返すたびに腹のなかから熱いものがこみあげてくる感じがすることがあります。

ソ連軍の兵士というのは、なんと野蛮な、なんと無教養な、なんと残酷な連中だろう、という恐れ、そして憎しみを心の底で抱くわけですね。

ところが、不思議なことに、ひとりひとりのロシア人というのは妙にひとなつこくて、のんきで、面白いところがある。

ある晩、収容されている難民キャンプの門口に立って外を眺めていますと、遠くのほうから、自分たちの兵営に帰っていくソ連軍の兵士たちの合唱が聞こえてきたんです。その歌がじつに見事な——三部合唱か四部合唱か忘れましたけれども、素晴らしいコーラスになっていて、その歌をうたいながら彼らが目の前を通りすぎ、そして夕闇(ゆうやみ)のなかにすうっと消えてゆく。

十二、三、四歳だったんでしょうね。その頃の自分の魂のなかに、その歌声が不思議な力でしみこんでくるのを感じました。

その頃のぼくのなんとも言えない謎は、ロシア人っていったい何だろう、あんなに残酷で非人道的なことを平気でやりながら、彼らがうたうあの歌はいったい何なのか。どうして彼らにあんな美しい歌がうたえるのか。音楽というものはかならずしも、美しい魂や素晴らしい人間性だけに宿るというものではないのかもしれない、という不思議な疑問だったんですね。

そのことをあらためて考えたのは、第二夜でも取りあげた、『死の国の音楽隊』を読んだときでした。

昼間はアウシュビッツの囚人たちを片っぱしから射殺したり、あるいはガス室で殺したり、そして物のように焼却し、埋めていく、そういう暮らしをしている人たちが、週末の土曜日になると夕方からコンサートに集まってきて、そこで演奏される音楽に、どの音楽ファンも及ばないくらい純粋に感動する、というシーンが描かれています。

これを読んだとき、ぼくが少年時代にソ連軍の兵士たちに抱いた違和感を、まざまざと頭のなかに思い返したものでした。それがバネになってぼくは『海を見ていたジョニー』という小説を書いたわけです。

美しい人間、美しい魂からしか、美しい音楽は生まれない、と信じたいのですけれども、音楽というもの、歌というもの、そのなかにひょっとしたら不思議な悪魔がひそんでいて、かならずしもそうではないのかもしれない。汚れた手から美しい音楽が紡ぎだされることもある。そういう残酷な真実みたいなものが歌の背後にもひそんでいるんだな、と、時どき考えることがあります。

ですから、ぼくが歌とか音楽というものを考えるときには、懐かしいような、心がほっとあたたまってくるような、そういう感じと同時に、もう一方では心のなかの柔らかい部分を植物の鋭い棘で引っかかれるような、そういう苦い感じもふっと浮かびあがってくることもあります。

音楽に関しても、そんなふうなアンビバレントな、つまり引き裂かれた、相反する感情が自分の気持ちのなかにあるんだな、ということを考えたりもするのです。

一度、美空ひばりさんと対談をしたことがあったんですね。ある雑誌の企画でした。ホテルの一室で、ぼくは先に行って待っていたのですが、実物の彼女は非常にフランクで、親しみやすく、そして愛すべき歌い手さんでした。

たとえば、ぼくが失礼なことをずけずけ言っても、そのことに腹を立てたりせずに、そうですか？　という感じで聞いてくれる。たいへん愉快に、いい時間を過ごすことができました。

対談の終わったとき美空ひばりさんが、

「五木さん、あたしのために歌を書いてください」

突き詰めた表情でそう言われたんですね。

「いや、もうとんでもない、ぼくなんか——」

と、言ったのですけれども、心のなかにはちらっと動くものがあったのです。しかし、何かそういうとても有名な歌い手さんとか、今売れている歌い手さんのために歌を書くということが、ちょっと照れくさいような、そういう気取りが自分のなかにあったんですね。そのときはそのまま返事を曖昧にして、話をそらしてしまったのです。

その対談が活字になったあと、美空ひばりさんから手紙をいただいて、また、「ぜひ歌を」というご依頼があったんですね。結局それは、実現せずに終わってしまったんですけれども、今考えてみますと、ああ、あのときやっぱり歌を素直に書いておきゃよかったな、という心残りが、ぼくにはあります。

その歌が人びとに愛されるか、世の中にヒットするかしないかということと関係なく、あれだけの戦後というものを生き抜いてきたひとりの歌い手さんに、自分のつくった詞をうたってもらうことは、本当にラッキーなチャンスなので、じゃ、ぼくの詞をうたってくれますか、と素直に歌を差し出せばよかったな、と、あらためてちょっと後悔の気持ちが残ったものでした。

人間にとって歌というのは、それが歌の形を成しているとかいないとかということにかかわらず、むしろこの世界に人間として生まれてくる第一歩で出会うものではないかと思うのです。どんな社会に生きている人たちも自分たちの歌と音楽を持っています。そして私たち日本人も私たちなりにそういうものを育ててきた。

歌というものは、人間の存在というものの根のところにしっかりと結びついている何かそういうものがあるのだ、ということをあらためて考えざるをえません。

ぼくらの育った時代はちょうど、歌についていえば、ひどく不幸な世代だったと言っていいでしょう。太平洋戦争、あるいは日中戦争、そういう戦争期に小学生、中学生時代を過ごしていますから、そこでの歌の影響のされかたというものが非常に偏(かたよ)っていました。

小学生の頃、音楽の時間には何をやっていたかといいますと、音感教育というのを受けていたことをおぼえています。つまり、米軍とかイギリス軍とかいった敵国の航空機の音を識別する。爆撃機の音、戦闘機の音、偵察機の音、あるいは海中を通じて伝わってくる敵の軍艦、潜水艦や輸送船や巡洋艦などの機関室の音、エンジンの音、スクリューの音、そういうものを識別する訓練を、ぼくらは音楽の時間に受けていました。そのことはなんとも言えない思い出として、今も心のなかに残っています。

ですから、音楽に関して言えば、本当に自分たちは恵まれない少年期を過ごしたんだな、という残念な気持ちがいまだにあります。

外地から引き揚げてきて九州の田舎の中学校、そして高等学校に進むのですけれども、これも戦後のことですから、ちゃんとしたレコードを聴くとか、オーケストラみたいなものを楽しむとか、そういう機会は、ほとんどと言っていいぐらいありませんでした。

時どき町に巡業に来る、まあ、軽音楽団なんて言ってたんですけれども、桜井潔(きよし)とそのオーケストラなんていうバンドの名前をおぼえていますが、そういうグループの演奏を客席で耳を三倍にも四倍にも拡(ひろ)げるような感じで聴いていた、それがせいぜい、自分の乏しい音楽体験のなかの印象的な一シーンですから情けない。

当時、ぼくらの高等学校があった町には喫茶店らしい喫茶店もありませんでした。牛乳とかパンを売っているような店がありまして、そこに、まあ、レコードがかかっていた。何かリクエストするとかけてくれるんですけれども、ぼくはよく「イタリーの庭」という古いコンチネンタル・タンゴをリクエストして、ぼくが行くと、黙っていてもその「イタリーの庭」をかけてくれたことなどを懐かしく思い出します。

やがて上京し、東京ではずいぶんいろんな音楽を聴く機会がありました。クラシック喫茶の全盛期だった時代なんですね。そこへ行って水のおかわりをしながら三時間、五時間とねばって、いやな顔をされる。そういうことなども思い出します。

しかし、考えてみますと、その大学生時代、一九五〇年代はじつにこの東京にもさまざまな音楽、しかも生の音楽があふれていた時代で、歌に関して言えば、すごくハッピーな時代だったとも言えるかもしれません。

先ほど言いました〈クラシック喫茶〉というのがありました。また、〈うたごえ喫茶〉というのもあって、そこでみんながコーラスしていた。それからジャズ喫茶。ジャズ喫茶も、これはもういろんな喫茶店がありまして、ジャズのレコードを聴かせる喫茶店もあるけれども、一方でライブハウスもありました。ぼくは銀座の〈テネシー〉というライブハウスで秋吉敏子のピアノを聴いたことがあります。

さらにタンゴ喫茶とかラテン喫茶とか、まあ、いろんなところでさまざまな音楽の洗礼を受けながら過ごしました。またシャンソンも当時は大流行していました。今でこそパリ祭と言ってもたいしたことはありませんけれども、その当時のパリ祭というのは、東京中のレストランとか喫茶店が全部、特別料金を取るというぐらい、人びとはたくさん街に出て、パリ祭とはいったい何だということすらもよく知らぬままにシャンソンを聴きながら、遠くのヨーロッパに憧れたものなんですね。

そういうふうな、音楽がただの音楽ではなくて、この国の未来というものと重なって、憧れのなかで、ぼくらの耳からハートに響いてくる。

音楽に余分なものをつけないほうがいいという説もあるでしょう。しかし、ぼくは、音楽には、余分なものがたくさんくっついていたほうがいいような気がするのです。歌には個人的な思い出だとか、その時代のさまざまな色や、匂いや、記憶や、そういうものがぴっしりとくっついていたほうが歌らしいなという気がしないでもありません。

戦後、ぼくたちが物を書く勉強を始めた頃に教えられたモットーのひとつに、「歌をうたうな」という言葉があったんですね。これはべつに大声で歌をうたうなという意味じゃないんです。文章を書く上で、メロディックな、あるいは情緒的な、あるいはセンチメンタルな、そういう要素を入れちゃいけない、ということだったんです。

つまり、メロディというのは濡れていて、湿っていて、情緒的なものである、と考えるわけです。そのメロディに対してリズムというのは乾いていて、批評的で、しかも知的なものであるとされていた。

戦後、私たちは新しい民主的な近代社会をめざして、焼け跡、闇市から出発するわけですけれども、そのなかでもっとも嫌われたのは浪花節的なこと、封建的なこと、前近代的なことであり、べたべたした人間関係、濡れた抒情である。こういうことで、「情」と名のつく言葉などというものは、ほんとに目の敵のようにされてきたような気がします。

たとえば「人情」とかいった言葉なども、口にするのも恥ずかしい、というふうな扱われかたでした。「感情」という言葉もそうです。感情というのは、ものすごく大事なことだと思うのです。感情のない人間といったら、これはロボットですから。人間は感情が豊かなほうがいいと思う。ぼくは、喜び、悲しみ、怒り、さびしがり、そして笑い、そういうふうな感情ができるだけ幅ひろく、いきいきと、豊かにある人のほうが人間らしい、とずっと考えてきました。

一般に情緒などと言うと、何か四畳半で芸者さんの三味線を聴きながら、お酒でも飲んでいるような、そういういやなイメージがありまして、「情緒」という言葉もひどく嫌われていました。「情感」とか「情念」も、ルサンチマンもひっくるめて嫌われていた。情念に動かされて歴史はつくられるのではない、と、よくそんな話をしたものです。

しかし、考えてみますと、夏目漱石(そうせき)が「情に棹(さお)させば流される」という有名な言葉を吐いた、この時期から私たちは、つまり流されちゃまずいということで、じゃあどうするか、情に棹さすことをやめよう、というふうに踏み切ってきたんじゃないかと思いますね。

明治維新以来、日本は一応、近代の西欧の文明をお手本にして、合理的な、近代的な、新しい社会をつくろうと、坂の上の雲を目指して離陸した。離陸した以上その目的とする国家を流産させては駄目だ。じゃあ、どうするか。情に棹させば流されるのだったら、情けを切り捨てるしかないのではないか。こういうことだったのだろうと思うのです。

もちろん、夏目漱石は「涙を呑んで」という言葉を添えるのを忘れていません。われわれは西洋文明を猿真似しながら上滑りに滑っていくだけであろう。しかし、われわれは涙を呑んで上滑りに滑っていかなければいけない、というふうな、苦い考えを漱石は述べております。それが明治の日本の知識人だったのだろうと思いますね。

そして私たちは、情に棹さして流されることを恐れ、できるだけ情を切り捨て切り捨てしながら、ずうっと生きてきた。

半世紀以上も前に、柳田國男という日本の民俗学のゴッドファーザーみたいな人が「涕泣史談」という面白い文章を書きました。涕泣はすすり泣くという意味ですね。たしか昭和十六年の六月頃に発表されたこの「涕泣史談」のなかで柳田國男さんが言っていることは、どうも近頃日本人は泣くということを忘れたんじゃないかと思うと。最近、日本人はなぜか泣かなくなったように自分の目には見える、そういう動機から「涕泣史談」という文章が書かれたわけなんですね。

柳田國男という人は、日本人の伝統的な生活の様式、あるいは、説話、物語、こういうものにたいへん熱心な興味を示して、『蝸牛考』とか、『遠野物語』なんていう有名な作品も書いた人ですけれども、一方でその当時の生きた世相、風俗、習慣というものに対しても非常に好奇心が強く鋭い観察眼を持った人だった。ですから、彼が当時の世相を見て、どうも最近の日本人は泣くことを忘れたようだ、なんで日本人はあまり泣かなくなったのだろう、というふうに感じたというところが非常に面白い。

柳田さんのその考察の結論に対しては、ぼくはちょっと意見が違います。

昭和十六年といえば、まあ、古いかたはご存じでしょうけれども、その年の十二月八日に日本は真珠湾を攻撃して、アメリカ、イギリス連合軍と、太平洋戦争に突入していきます。「一億一心火の玉だ」というふうなスローガンのもとで、日本人がみんな、まなじりを決し、眉をつりあげて戦争という、いわば軍事的な大バブルのなかに飛びこんでいこうとする、そういう時期なんですね。

そういう時期に国家国民としては、泣くということなんか、やっぱり邪魔だったのだろうと思う。泣くとか、迷うとか、戸惑うとか、足もとを見つめるとか、疑うとか、こういうことはみんなよくないことで、大事なのは、がんばる、前向き、強いこと、元気なこと、たくましいこと。まあ、こういう時代がずっと続いたと思います。

そして昭和二十年、一九四五年に、軍事的大バブルの風船がパチンと弾けて、そして私たちは戦後、焼け跡、闇市のなかから、またもう一回、経済的な大戦争へ向けてスタートするわけです。そのなかで本当の意味での近代化を求めるためには、この湿潤な、湿りけの多い、この風土のなかで、濡れた人間関係を排除することである、と。

私たちが文章を書くという際においても、からからと乾いた音のするような、そういう散文を書くことが、近代的な文章を書くことなんだ、思考は乾いてなきゃいけない、というふうなことで、情とか、抒情とか、感情とか、エモーションとか、あるいは、センチメントとか、こういうものが全面的に否定され、嫌われて排除されていった、その過程だったのだろうと思います。これは、詩や、演劇や、美術などについても同じことでした。

そういうふうに、私たちが一生懸命、乾いた社会、乾いた文章、そして乾いた人間関係を求めてきた結果、どうなったかということを、五十年たってふり返ってみますと、私たちはじつに見事に、目指したものを実現した、という苦い後悔があります。人間関係においても、文章においても、そして、この社会のありかたにおいても、私たちは乾ききって、ひょっとしたら、もうひび割れがしかかっているんじゃないかと思うような世の中をつくりあげてきた。

歌というもの、メロディックなもの、そういうものを極端に軽蔑して、暗いもの、湿ったもの、濡れたものも一方で世の中になくちゃいけないものだ、ということに気づかなかった。これからは歌ではない、リズムだ、涙ではない、笑いだ、というようなことで、私たちの感情の幅というものを、おそろしく狭くしてきたんじゃなかろうか。ハードボイルドを気取っているうちに、本当に情けのない人間になっちまったのかな、という反省があります。

歌というものは、もう一ぺん発見しなおされねばならない大事な人間的な感情であろうと思います。今私たちの世界には、歌が氾濫しているように見えますけど、本当の歌はなかなかないんじゃないでしょうか。何百枚と売れるレコードはある。しかし、なぜかそれは、ある年代層の人たちだけに支持される歌であって、かつてのように全国民が自分たちの思いを託してその歌をうたうような、そういう歌は存在しない。

そういうものはもうこれからはないんだ、という説もありますね。なくてもいいんだ、一億国民みんながその歌で涙するような歌が出るなんて気持ちが悪い、という説もあります。

ぼくもその説には、ある意味で賛成です。しかし、それでもなお、一方に日本人の歌、あるいはその同時代の歌、平成の人間の歌、こういうものがあっていいんじゃないかな、という気持ちを抑えることができません。

本当は乾いたものと濡れたもの、その両方が大事なんですね。

笑いも大事だけれども、ひょっとしたら涙なんてものも大事なんじゃないか。知性も大事だけど、また情感も大事なんじゃないか。両方大事だというのはじつに曖昧な意見のように思われるんですけれども、音楽というものはリズムも大事だけどメロディも大事、ハーモニーも大事だけど曲も大事、曲も大事だけど歌詞も大事という、こういうところがあるような気がします。

そういう全人間的な形のものが、今は失われつつある。すべてのものが専門化して、小さくなっていった。歌づくりの現場ひとつにしてもそうです。それぞれのパートの音をとる、声をとる。音にしても、孤立したブースに入って、それぞれのパートの、それぞれのセクションを演奏し、それを録音する。それをサウンド・エンジニアが編集して、音楽が出来上がる。こういう形でつくられた歌を、私たちはデジタルな形で、それぞれの世代に固まってそれを聴くというわけです。

今はひょっとしたら、歌などというものがたくさんあるように見えて、じつはいちばん歌が乏しい時期なのではないか。こういう時期にこそ、われわれの歌、ぼくたちの歌、というものがどこからか新しくよみがえってくれないものかな、などと繰り言のように考えながら、ぼんやりと毎日を過ごしているわけです。

そんなふうにして、ずうっと生きてくるなかで、いくつかの自分の、アイドルというか、歌い手さん、あるいはスタンダード・ナンバーというものが、おのずとできてきました。そのひとつが、ぼくにとっては、パブロ・カザルスという演奏家と、カザルスが演奏する「鳥の歌」という、スペインのカタロニア地方の民謡なんですね。

このスペインの民謡をアレンジした曲は、本当に好きです。カザルス自身もホワイトハウスで弾いたり、国連で弾いたり、いろんな場所で演奏したりしてますけど、その歌を聴きますと、祖国スペインを離れて、そしてファシズムのフランコ政権が権力を握っているあいだは、ふるさとに帰らないと心に決めたデラシネ音楽家の想いがおのずと伝わってくるような気がします。

故国を離れ異国に生きているカザルスの孤独とか望郷の念とかもそこに感じられる。そして前に話しました余分なもの、音楽以外のものがたくさんなかにこめられているのを感じて、そこがまた素晴らしくいいと、そういうふうに思うのです。

ぼくのすごく好きな歌い手さんで、（ウラジーミル・）ヴィソツキーというロシアの俳優兼歌手がいるんですけれども、彼の歌のなかでぼくがとくに好きなもののひとつに「彼は戦場から帰ってこなかった」という歌があるんですね。

ヴィソツキー自身は、第二次世界大戦など戦争体験のない人なんですけれども、彼は彼なりに自分の想像力でもって戦争の時代というものを考え、そのなかで起こる人間のドラマを自分の歌にしてうたった。それが実際に体験したかのようなリアリティがあって、ぼくはその歌が大好きです。

一方、ぼくはいわば戦中派と戦後派の境目のような世代で、一九三二年に生まれました。元号でいいますと昭和七年になります。まさに今、日本という国が大きな戦争へ向けて一歩一歩進んでいく、そういう足音が地響きを立てて枕元に響いてくるような時代のなかで少年期を過ごし、昭和十六年には太平洋戦争が始まります。

そして中学一年のときに、敗戦という、本当に驚天動地の大事件に遭遇し、それから引き揚げてきて、戦後の日本で焼け跡、闇市からの出発に出会います。ドラマティックといえば言えるのでしょうけれども、実際には言葉に尽くせないくらい、つらい目にもあいましたし大変な体験もしました。

しかし、戦争の時代、その時代のことを今ふっと思い返すときに、なぜか不思議な実感があるんですね、生きていた実感というのが。

ですから、昭和一ケタとか、戦争の時代を通過してきた人たちとか、戦後の時期を生き抜いてきた人たちが、その時代のことを語るとき共通して言えることは、それがどれほどつらい時代であったか、どれほど悲惨な時代であったかということとを語りながらも、語っている人の声に力があり、かつ、語っている人の目がきらきらと光っているという、これはなんとも言えない恐いことなんですけれども、その時代はつまり、たしかに自分は生きていたという、そういう実感があるのだろうと思います。

今、戦後五十年を経て、私たちはこの平成の時代に平和に豊かに生きている。にもかかわらず、今生きているという強い実感が一瞬一瞬、自分の体のなかに、ぴーんと張ってくるということがない。まあ、それはあんたがだらだら生きてるからだと言われればそれまでの話なんですけれども。

戦争前、戦争中、そして戦後、あの時期は、もう、だらだら生きていようが何であろうが、とにかく時代がぴりぴりと張り詰めた雰囲気のなかで、そして人間たちはそれぞれ大きなひとつの、国家とか民族とか、そういう運命のなかに組みこまれている実感があった。その組みこまれていること自体がいやなことかといえば、当時はかならずしもそうではなかった、というふうにぼくは思います。

たとえば、高村光太郎だとか、いろんな人たちが、戦争中の自分たちの発言や行動に対して非常に厳しい自己批判をします。しかし戦争のときに日本の文学者とか、あるいは詩人とか歌人とか芸術家とか、そういう人たちは強制的に軍隊や、あるいは警察によって無理やり戦争に引きずりこまれただけだったのか、というふうに考えますと、かならずしもそうではないような気がしてなりません。

昭和十六年の十二月八日に、帝国海軍の航空隊が真珠湾を奇襲攻撃します。そのときのニュース――「帝国陸海軍は本八日未明、西太平洋において米英軍と戦闘状態に入れり」というような内容のラジオのニュースを聞いて、まずいことになったなあとか、いやぁこれからいやな暗い時代が始まるな、というふうに、それを骨身に徹して深刻に受け止めた、暗い気持ちで受け止めた作家や詩人や画家たちはおそらくそんなに多くなかったのではないかと思いますね。

もちろん、そういう人たちもいたはずです。それはもう、その当時でさえも治安維持法なんていう悪法によって刑務所につながれていた文化人や知識人はたくさんいたわけですから、そういう人たちにとってみると、ますます暗い時代に入っていくという、なんとも言えない気持ちがしたでしょうけれども、他方では、新しい時代が始まるんだというふうに、軍部の発表に血沸き肉躍るものをおぼえ、そしてそれを言葉に出して文章に書いたり詩に読んだりそういうふうなことをした人たちもずいぶんたくさんいたと思います。

少なくとも戦争の時代、人間というものは、生命の危機というものが目に見えて存在していた。そのことでもってみんな、自分が生きているという実感があった。このことだけは確実だと思うのです。

今、この平和な時代に、われわれはばらばらである。孤立して生きている。人間と人間同士がおたがいになんの関係もなく、物のように存在している。こういう不幸というものを、われわれは今感じているわけです。

たとえばサッカーだとか、あるいは野球だとか、オリンピックだとか、あるいは競馬だとか、こういうものに熱中する人びとを見ていて感じるのは、人間というのは、たったひとりで生きているんじゃなくて、多数の人間との一体感というのを求めて生きているんだなということです。

みんなが、ひとつの試合とか、スポーツの勝負の行方に対して一喜一憂しながら、つまり他人同士が、二人とか三人ではなく、百人、千人、万人という人たちが全部、何か同じ心に溶けあって、今ここに存在しているという、熱い興奮というものがそこにあって、それを求めて人びとはスポーツに熱中するんじゃないか。ぼくはそんなふうに思います。

どんなに経済的に恵まれ、どんなに健康に恵まれ、あるいは幸せに生きていたとしても、孤立している人間というのは、それは生きているときは本当につらいものなのです。生きていることが喜びと感じられない。

そこへ忍び寄ってくるのが、そのような時代全体が高揚しているとき、その時代に自分も一緒に巻きこまれていく快感、あるいは興奮、こういうものがあるような気がして仕方がありません。

ファシズムとかナショナリズムとか、そういうものの際どさ、危うさは、そのへんにあるような気がします。いくら、そういうものが間違っているといったところで、人間は頭だけで動くものではありません。そして、物でもなく、頭でもなく、利益でもなく、自分と他人とが一体になって、燃えるような興奮のなかにいる、というような状況を一度味わった人間は、その病に対し免疫になることはできないのです。

戦争中のことを考え、そして戦後のことを考え、あんな悲劇は二度とくり返したくないな、と思いつつ、悲惨の極みとしか言えないような、そういう時代に、自分の命がたしかに、あそこには燃えていた、と思うのは危険な感想なのでしょうか。

〈特別対談〉　いまをどう生きるか

小川洋子
五木寛之

軽くなってしまった「生」と「死」

小川　五木さんがこの度お出しになりましたこの本のキーワードは、やはり「生きる」ということですね。今日はそのあたりについて、最近五木さんがお考えになっていることをいろいろ伺いたいと思います。

五木　ぼくは、自分が歳をとってきたために、いまの時代が悪い時代に見えるのではないかと、つねにそのことを警戒してきたんですね。人間というのはどうしてもノスタルジーでものごとを語りたがるものですから。しかし、それを割り引いても、いまの時代はあまり明るいとは言いがたいと思うわけ。

なかでも、真剣に考えなければならないと思うのが自殺者の多さですね。日本は、いまや世界に稀なる長寿大国になりました。その一方で、世界に冠たる自殺大国になってしまったこともまた事実なのです。

調べてみたところ、平成三年の自殺者数が二万一千人台だったのが、徐々に増加しつづけて、平成七年が二万二千人台、八年が二万三千人台、九年が二万四千人台でした。これは平成十年には二万五千人を超えるのではないか、と思っていたら、平成十年の自殺者数は、なんと三万二千八百人台だった。前年比三四・七パーセント増。これにはびっくりしましたね。考えられない数字でしょう。厚生省もさすがにこの問題を真剣に取り上げて、先日、「なんとかしたい。当面、数値目標を二万人台に抑えたい」と言っているというニュースが出て、ブラックジョークを聞いたような気がしました。

小川　「数値目標」というのが、いかにもお役所的な言葉ですね。

五木　例年の数値も、官庁の発表するデータはできるだけ数字を抑えて統計をとっていこうとするでしょうから、いわば氷山の一角だと思っているんです。よく五十代の自殺が極端に増えているといわれますが、十二歳から十七歳までの層は前年比七〇パーセント強。また、二十四歳から二十九歳までの死因のトップが自殺で、二九パーセントに及ぶ――働き盛りの青年たちの三人に一人は自殺で死んでいるという驚くべき事実が出ているんです。

そこで、なんとかこの問題について、考えたり、語ったりするようにしたいと考えていました。個人の力では及ばないかもしれないけれど、ぼくの気持ちとして個人的にしゃべったり書いたりをつづけていたのですが、そういうなかから一冊の本ができたのが、今回、文庫になったというわけです。

いま、日本人が歴史はじまって以来といっていいほど大量に自殺するという時代に入ってきたということを小川さんはどんなふうにお感じになりますか。

小川　敗戦後五十年たって、物質的には一応の目標を達成したのに、なぜか心は癒(いや)されずに問題がより複雑化してしまって、いろいろな価値観が揺れ動いているのだと思います。そういう状況に対応する人間の精神のもろい面がさらけ出されている。

ある場合にはそれが自殺という結末を迎えるし、ある場合にはオウム真理教事件のような異様なかたちであらわれるし、あるいは無差別の通り魔とか監禁とか、これまで考えつかなかったような心の暗闇が、非常に具体的なかたちで噴出しているのだと思います。しかし、その結果を受け止めなければならない側の精神の準備がまだ整っていないという状況ですね。

五木さんもお書きになっていますが、日本には古来、自殺を悪いことだときめつけるキリスト教的な文化はなくて、むしろ切腹に代表されるような、自分で自分を裁くことを潔しとする思想がありました。しかし、昨今の自殺者の傾向を見ていますと、そういう日本的な、これまで育んできた文化的側面からだけでは、もう語れなくなってきたなという気がします。

五木　たしかにそうだ。たとえばメディアは自殺者数の増加について報道するとき、「失業とリストラと不景気が中高年層を直撃した」などとよく書くのですが、これは違うんじゃないかな。バブル経済、いわば好景気の真っ只中の一九八六（昭和六十一）年に二万五千人台という戦後最高の記録があるんです。ですから、不景気や失業はもちろん影響はあるでしょうけれど、根源は小川さんがおっしゃったとおり内面の問題、精神の問題じゃないかと考えたほうがいいんじゃないでしょうかね。

日本には武士道ももちろんありますけれど、それ以前に、たとえば補陀落渡海とか厭離穢土といって、この汚れた世の中を逃れて清らかな浄土に旅立っていこうと、みずから死を選ぶような宗教的ムーブメントもいろいろありました。けれど、そういうものは信仰や思想的な背景や倫理といったものがしっかりと根づいているなかで、ひとつの作法としてあったのです。しかし最近の自殺の報道を見ると、どう見てもきちっと考えた末に自分の決断として死を選んだというふうには見えないところがありますね。たとえば、屋上から飛び降りたあとにサンダルが脱ぎ捨ててあったとか、首を吊ったあとにウイスキーのポケット瓶が散乱していたとか……。もうどうにもならなくなっちまったという八方ふさがりの状況のなかで「面倒くさいや。じゃ、生きるのをやめるか」と、白線をひょいと跨ぐように死の側に移行したとしか思えない感じがあるんですけど。

小川　たしかにそういう感じは否めませんね。
五木　これはひょっとしたら、自分の命というものの手ごたえや重さ、価値観というものが実感できないためではないか。月並みな表現ですが、命そのものの手ごたえがすごく軽くなっているのではないかと思うのですが、どうでしょうね。
小川　古代から死に対する恐れというのを人間はみんなもっていて、その答えを自分なりに見つけようとしてきました。目に見えない、しかし自分に確実に訪れる死とは、一体何なのだろう。それを引っくり返して言えば、じゃあ、いま自分がここにいるということはどういうことなのだろう。その答えを見つけるために、宗教が生まれた。文学が、物語が生まれた原点も、そこにあったと思うんです。でも、いま、小説が読まれない現象に象徴されるように、死に対する抽象的な自分なりの思想をもてなくなっていて、生の実感も死の実感もどんどん薄まっているのではないでしょうか。
五木　そうなんだろうなあ。要するに死が軽いということは、また、生きていることが軽いということなんですよ。このおしぼりをもって、このおしぼりはどうして重いのか、と考えてみますね。それは水気をたっぷり含んでいるから重いんで、これがカラカラに乾き切ってしまうと軽くなるでしょ。乾いているものは軽いんです。ほどほどに水分を含んでいるものは重いんです。

私たちは戦前の封建的な家族制度とか、じめじめして黴の生えそうな人間関係とか、そういうものの重圧のもとでさんざん泣かされてきたから、戦後、民主主義と自由のもとで、乾いた明るい合理的な人間関係や社会というものを作り上げようと営々と努力してきた。その努力というのが、いわばドライヤーを最強にして濡れたおしぼりに当てつづけたようなものだったと思います。それがほどほどのところで止まらずに、極端に乾き切ってしまったのではないか。乾いて焦げ目さえついているくらいに。

考えてみますと、水は生命の源ですね。生活、活力、活気、活き造り――「活」という字は、「さんずいに舌」と書きますね。中国の人はおそらく人間の舌の上に水気がなくなったときに命が絶えると考えたのではないでしょうか。農業だって水がないとできないし、動物というのは海中から命を携えて地上に上がってきた存在です。赤ん坊というのは水をたくさん含んでいるから命がやわらかいんだという老子の説に従いますと、乾き切ってひび割れかかったようなこの魂と社会に、なんとかオアシスの水を注ぎ、いわば、みずみずしい魂と命を「復活」させなきゃいけないんじゃないかと思うところがありますね。

戦後の日本は、とにかく、笑うこと、強いこと、明るいこと、元気であることが美徳であって、ジメジメすること、悲しむこと、憂鬱な思いにひたること、ため息をつくこと、ましてや泣いたり悲しんだりというのは自然治癒力を引き下げて免疫力を低下させることだという、そういう感じで五十年、やってきたような気がするんです。

その結果、ほどほどに潤いを含んで、みずみずしい状況でなければいけない人間の魂が、カラカラに干からびて、ひび割れかかった状態になっている。だから軽い。軽いから捨てることも楽である。

自分の命が軽いということは、取りも直さず、まわりの人たちの命も軽く感じられるということなんじゃないか。

小川　ええ、だから他人の命を簡単に奪うような犯罪も増えているのですね。そういう犯罪の報道を見ていますと、想像力を働かせる心の潤いが決定的に欠如しているように思われます。いま自分がここでこういうことをしたら、次にどうなって、その次はどうなる——という。

五木　そう、物語性が完全に失われてしまっている。

小川　そうなんです。ものごとの表面だけにとらわれて、深いところにある真理にまでたどり着けないんですね。言い換えれば、言葉の届かない、自己の深層世界と対話するだけの、精神的しなやかさがないんです。そのとき、目に見えるものだけにしか視点が定まっていない。

五木　おっしゃるとおり、モザイク的に見えるでしょう。仮に一人の少年が一人の少年をナイフで刺したとする。自分の手が相手を刺したときの手の重さ、刺された少年の歪(ゆが)んだ顔、悲鳴、血が広がっていき、まわりに人が集まってきて、自分は警察に連行されて取り調べを受けて、父や母がまわりから指弾されてつらい目にあう。自分は少年院に送られて、その後、社会に出たときにまわりの偏見のなかでこんなふうになって、こういう人生を歩むであろう——というストーリーが、本来は行動に移る前に一瞬のうちに頭のなかに走馬灯のようにさーっと展開するはずなんです。それがいまは切れてしまっている。その行為から始まる起承転結の物語性というものを作る能力が、完全に失われているような気がするのですが。

小川　日本人は、もともとそういう物語性を豊かにもっていた人種だと思うんですけれどね。

何ものかの「お蔭」という発想

小川　私が最近、その物語性について考えさせられたのは、日本で初めての脳死移植が行われたときのことです。取り出された臓器がクーラーボックスで運ばれていたんですが、あれを手に提げて医師団が乗り込むところを見て、なんともつらい思いがしました。遺族としては、自分の愛した人の体の一部がモノとして扱われることに耐えられないと思うのです。

五木　あれは、もうちょっと何かべつのやりかたはないものか、と思いますね。ポリウレタンのクーラーボックスに入れられてナイロンの手提げで運ばれる光景は見たくない。濃縮ウランをバケツで汲んだというのと、あまり変わらないではないか、と。

小川　キリスト教的な考えですと、肉体は仮の入れ物であって、魂が神様のもとへ届いたのであれば遺体にはこだわらないという面がありますね。日航機が御巣鷹山に墜落して五百二十人の方が亡くなったとき、日本人は一本の指の先でも見つけたいという執念で警察が必死の捜索をしましたけれど、たとえば韓国のキリスト教信者の方などは「自分の娘はいま神様のもとへ参りましたので、もうよろしいです」と言って遺体を引き取らなかったという話を聞きました。

しかし、日本人は指の先一本、髪の毛一本にも、そこに人間の物語がきちんと宿っているという感覚をもっているんです。脳死移植がアメリカなどにくらべてここまでおくれたのも、そういう感覚があったからだと思います。

五木　神戸のA少年の事件があったとき、あれだけ私たちを戦慄させたひとつの理由に、遺体を物質的に傷つけるという問題がありました。

小川　そこに嫌悪感が非常にありましたね。

五木　髪の毛一筋にも命が宿っている、さらには山、川、木にもスピリッツが宿る、というのは、「アニミズム」といって近代では蔑視(べっし)されてきたわけですね。おくれた未開の信仰だと。そして、そのアニミズムと、神様と仏様をごっちゃにするというシンクレティズムと、この二つが日本人の後進性であると批判されていました。けれど、ぼくはそうは思いません。むしろ、十九世紀の人たちがおくれていると見ていた部分を、これから二十一世紀の世界に対しては注目しなければならないのではないかと、最近、ぼくは思うようになっているんです。「日本は神の国」という政治的な発言とはキッチリ区別して、自然と人間を考えなければならないんじゃないでしょうか。

小川　美醜も善悪もない、生きとし生けるものすべてに仏はおる、という矛盾を丸ごと受け入れる感性ですね。五木さんは以前からこうした価値観が、この困難な時代を打ち破るひとつの手助けになってくれるのではと、繰り返しお書きになっています。

五木　日本人には自然なかたちで定着している習慣、感覚といったものがいろいろありますね。ご飯を食べる前に「いただきます」と言うでしょう。誰に対して挨拶(あいさつ)するのか。それはその時代時代で、自然の恵みに対してとか、みんなが苦労をして稲刈りをやったことに対してとか、あるいはお父さんが働いてお金をもって帰るからとか、昔はいろいろ言ったものです。それらを全部引っくるめた感謝の気持ちで「いただきます」と言っていたわけでしょう。そのことは大事なことだと思いますね。

よく東京の人はからかい気味に「大阪人は『もうかりまっか』『まあ、ぼちぼちでんな』というのが挨拶になっている。大阪の人はがめつい」と言いますが、じつは大阪は宗教的な感覚が深く根づいているところです。蓮如(れんにょ)が作った寺の寺内町が土台になってますから。もともとは、「もうかりまっか」と言われると、「まあ、お蔭(かげ)さんで」と答えて、そのあと、「なんとかぼちぼち」と言ったものらしいですね。この「お蔭さんで」というのは御蔭参り(おかげまいり)のお蔭です。神仏のお蔭、世間様のお蔭、お客様のお蔭で商売がなんとか成り立ってますということかな。そういう天地神仏人様の加護があってという感覚が大阪人の日常的な生活のなかに生きていた。それは、とてもいいことだと思うんですよ。

小川 自分がここにいるのは、自分をここに存在させてくれている有機物、無機物、人間を含めて、いろいろなものの「お蔭」だというようにちょっと視線が広がれば、ずいぶん違うのではないでしょうか。

ノンフィクションライターの柳田邦男さんが、『犠牲（サクリファイス）わが息子・脳死の11日』でこんなことを書いていらっしゃいます。ご次男の洋二郎さんが脳死に陥ったとき、その枕元（まくらもと）で息子さんが書いた日記を読まれます。神経症で苦しんでいた息子さんは、電車のなかから見える樹木が「まだいるからね」と言っているようだったと、日記に書いていた。それを読んで柳田さんは涙が止まらなくなるのですが、目に見えないものに自分が助けられている、自分のそばに何かがあるという感覚をもてることは、人間のすばらしい能力だなと思います。洋二郎さんは結局、自殺という結末になりましたけれど、この日記は柳田さんがご子息の死を受け入れるのに心強い杖となった。自殺ということで親に非常に悲しい思いをさせてはいるわけですが、自殺でありながらも何かの救いを残してくれているのは、洋二郎さんのその感覚だと思うんです。

五木　なるほど。いまおっしゃったことはとても大きな問題で、自殺の抱える問題というのは、死んだ人だけのことではないということです。心理学者の調査によると、一人の人間が自殺を選んだときに、その家族、周辺の知人、友人、職場の仲間を引っくるめて二百人ほどの人たちに心理的後遺症を残すというんです。それほどの人たちの心に精神的なハンディキャップを残すことになる、と。そうすると、一万人の自殺者が出たということは二百万人の傷ついた人が生まれるということでしょう。このことを考えますと、このまま毎年毎年三万数千人の自殺者が出ていったら、生涯、そのことを引きずっていかなきゃいけない人がどれだけになるだろう。

小川　「生き残った者は生きなければならない」ということのある種の残酷さを、自殺は突きつけてきますよね、残された者に。

五木　柳田さんのご子息のように、従来、自殺を図る人というのは、そこに至るまで、さまざまなかたちで悩み苦しむ精神の遍歴があったわけですね。ところが、そうではなくて、たとえば借金が返せない、生きているのが面倒くさくなった、もういいやという気持ちで、ひょいと白線を跨ぐように死の側に移行してしまうような自殺は、逆に言うと、あいつを消せば借金は帳消しになるかもしれない、じゃ、消しちゃおうか——こういう考えかたとどこか相通ずるものがあると思います。

オウム真理教のような事件が起きた。あれはひとつの社会の反映だと思うんです。ああいう無差別殺人が起きてくるというのは、命というものを軽く考えるようになってきている、そういう社会全体の考えかたの帰結だという気がして、一方的に批判することができない重さを感じるんです。

小川　オウム信者の行為を突き詰めて批判してゆけば、結局は社会全体の有りよう、われわれ一人一人の人間性の問題に行き着くんですね。

日本人の「宗教」アレルギー

五木　かつては、「そんなことをすると罰が当たるよ」とよく言いましたね。「天罰」という言葉もありました。「天誅」とか、「天人倶に許さざる」などとも言いました。あの「天」とは何か。漱石は「則天去私」と言いましたが、あの「天」だと思うんです。「ヘブン（ＨＥＡＶＥＮ）」という言葉にもそれを感じますが、どこか宗教的な感覚がありますね。天が許さない。天罰が当たる。ところが、そういう感覚も、いまはなくなってしまったような気がするんです。『吾輩は猫である』の猫は最後に甕のなかに落っこちて「南無阿弥陀仏南無阿弥陀仏」って言いますね。井伏鱒二さんの『黒い雨』も途中のお葬式のシーンで「白骨の御文章」という蓮如の法語を読むところが出てきますが、そういうのが特別に宗教と意識されずに日常の感覚として普通の人たちの間に色濃く広がっていた時代があった。そして大事なことはそれが楽しみと一緒にあったということですね。

小川　お祭りだとか冠婚葬祭でお寺や神社へみんなが集まる。信仰はたしかに一種の娯楽と結びついていましたね。日常的な生活のなかに自然に宗教的なものが取り込まれているにもかかわらず、いまは、「宗教」という言葉が出るとアレルギーを起こしてしまう状態になっている気がします。

五木　そうなんです。宗教という言葉に対して、日本人は非常に強いアレルギーがありますね。とくに最近はオウム真理教があり、法の華(はな)がありで、なにか宗教というのはよくないものだという感覚がすごく強いと思う。文学者にしても、宗教的なものをクリーニングして、宗教色を脱色するということをせっせとやっている。そういう意味では宗教という言葉を使うのをやめて、何か新しい言葉を考えたほうがいいかもしれない。でも、これは考えてみますと不思議な感じですね。

フランシスコ・ザビエルが日本に来て四百五十何年たつでしょう。韓国は朝鮮戦争以来、一千万超の人がクリスチャンになっているわけですよ。金大中(キムデジュン)大統領夫妻はもちろんそうだし。しかし、玄界灘(げんかいなだ)ひとつ隔てた日本のクリスチャンは、国民の約一パーセント強といわれています。片方は何十年でもって一千万超、片方は四百五十年たって百七十万。それほど日本人は宗教というものに対して警戒心が強い。クリスマスをやるのは大好き。バレンタインデーもやる。結婚式は教会で挙げたい。だけど神に帰依するのはいやだ。この拒否感はすごいものがあると感じるのですが。

小川 ええ。一方で、仏滅や大安にとてもこだわる面もあって、そういうところでは突然、宗教に縛られてしまいますね。何か災いがあるということに対して、非常に警戒心が強いように思います。仏滅に結婚式を挙げて、あとで別れたりすると、やっぱり日を選ばなかったからだと後ろ指をさされるとか。

五木 なるほど。そのあたりは日本の神道、怨霊鎮めの発想に由来するのかもしれませんね。

ぼくは宗教を勧めているわけではないんです。でも人間には何か心棒になるようなものがないとどうなのか。最近もアメリカのすごいやり手連中が長銀を安く買い取るという強引な商売をしましたね。しかし、彼らは精神的バックボーンとしてマックス・ウェーバーが言うところの「多くを稼ぐこと、多くを蓄えることは悪ではない、多くを施しさえすれば」という信念をもっているから、絶対的な自信があるのです。自分たちのやっていることは、神の意志に従っているのだ、と。多くを稼いでいる、しかし俺(おれ)たちはちゃんと慈善をしている、財団を作り、あるいは施しで。ビル・ゲイツも今度、天文学的な数字のお金を寄付するそうですね。タイガー・ウッズもつねにチャリティをやっている。それをやらないと社会から指弾されるからです。あいつは稼いでいるだけだ、それは神の意志に反する、と。ですから、あの人たちは慈善をやるんです。アダム・スミスは市場原理を「神の見えざる手」という言いかたをしましたが、宗教的経済観みたいなものが定着しているからこそ、強引なビジネスにも後ろめたさがない。

小川　日本には宗教と経済を結びつけて考える土壌は、ないのでしょうか。日本人はどうしてお金を稼ぐかというところでは、神様仏様のことは考えません。

五木　だいたい金を稼ぐのは汚いことだと思っています。金銭に対して、やっぱり日本人はひとつの罪悪感とか嫌悪感をもっていますでしょう。

小川　ありますね。でも、そうかと思うと、十代の女の子が、現金がほしいために平気で体を売ったりします。そういうふうにして稼いだお金は汚いというセンスはまったく持ち合わせていない。現金は現金であって、そこに神などという概念など入り込むすき間はないんですね。

五木　ですからぼくは、宗教なんてものじゃなくていいけれど、何か見えないもの、見えないけれども心の支えになるものを尊重したいと思いますね。スピリチュアルなものというか、ソウルフルなものというか、数字だけで計りきれないものへの畏怖の感性が重要なんです。

小川　自然にありがたい気持ちにさせてもらえる。そういう心の動きができる豊かさ。たぶんそれはお金では買えないものにあるのでしょうから。

宿命という必然と、運命という偶然

五木　近代の科学というのは見えるもの、証明されるものだけを信用せよということだけれど、そんな科学なんておそらく天地宇宙の原理の百万分の一ぐらいをやっと解読したくらいでしょう。遺伝子が解読できたって、そんなゲノムを誰が作ったのかという問題は全然手つかずで残るわけじゃありませんか。だから、そういう目に見えないものや根源的なものに対する畏れというものがあったほうがいい。いい悪いじゃなくて、遺体を刻むというのは恐いという感覚のほうが大事だと思う。

小川　そうですね。遺伝子を解読していくというのは、人類にとってこれから大きな問題になっていくと思います。何歳でどんな病気になるかがわかると、もう生命保険に入れなくなるわけですよ。

五木　そう。一人一人の支払う料金が違ってくる。これからは結婚するときに、お互いのゲノムのなかに重い病気になる因子があるかないかとか、そういうことを確認しあわなきゃいけないとなるとちょっと困りますね。

小川　たとえば重い病気にかかったときに、運命という自分以外の力によって降りかかってきたと思うことで納得できたものが、遺伝子に書き込まれた地図のせいであなたはこの病気になったんだと言われると、それは運命じゃなくて自分の体のなかに原因があると突きつけられてしまうわけですから、神様のせいにできない。このまま放っておくとたぶんかつて神のなせる業と呼ばれた領域へ、科学は踏み込むことになるでしょう。いや、もうすでに踏み込んでしまったといえるのかもしれません。で、そうなったあとにあらためて、運命と自分の関係を考え直すときが訪れると思うんですよ。

ケネディ一族が次々暗殺されたり飛行機事故で死んだりするのも、冒険好きで、危険を顧みない、向こう見ずな遺伝子が受け継がれているからだといわれています。伝説までも理論的に説明がついてしまうんです。

五木さんのご本のなかに、親鸞(しんらん)が弟子の唯円(ゆいえん)に説く「運命が自分を育ててくれている」という言葉が出ていましたが、これはいまの時代にもそのまま通用すると思います。運命と自分との折り合い、あるいは神と自分との関係を考えていくときに、この親鸞の言葉は私の胸に重く残りました。

五木 ぼくが最近、一生懸命考えていて、いつかこのことをきちんと書いてみようと思っているのは、ものごとは二つの要素の対立と調和だということです。昼があり夜があり、女性がいて男性がいる。母親がいて父親がいる。笑いがあり涙がある。そういうストラッグルのなかにすべての真実があると考えると、宿命と運命というものをきちんと分けて考えなくてはと思うようになってきたんですね。

宿命というのは必然です。さっき言った遺伝子もそうです。必然というのは狂わないものなんです。人間は宿命によってどこの家に、どの時代に生まれてくるとか、自分の体質、体型、いろいろなことがありますが、これは変えようがない。

しかし、そこにもうひとつ、今度は人間の運命というものがかかわりあってくる。この運命というのは他から宿命に向けて働きかけてくるものであるから偶然が働く余地があると考える。ですから、人間の未来には、宿命という必然と、運命という偶然が働く余地がある。

われわれは必然を背負って生まれてきて、運命と出会う。運命はミスをする可能性もあるし、変化する可能性があるから、人間の運命は変わりうる。ですから途中で生を投げ出してしまったら、変わるはずの運命と出会うこともできない。人間の運命というのはそういうふうに偶然でもってとんでもない変わり方をすることがあるから、とにかくどんなにつらくても生きつづけていること。そうすれば、その運命の偶然と出会うことがある、という考えかたですね。

ですから、「五木さんはどうして生きつづけるということにこだわるんですか」と聞かれると、「宿命は変化しないけれど運命はどこで変化するかわからないから」と答えているんですけど。

小川　自殺をする人は、宿命という変えられないものに縛られた状態で死を選ぶんだと思うんです。生まれたときはみんな大きな宿命を背負っていますね。頼んだわけでもないのにどうして自分はここにいるのか、そのこと自体がもう不条理なわけです。そこから人間は、その不条理を理解し、受け入れ、自分で新しい運命と出会っていくというのが理想的なありかただと思うんです。ところがその宿命に押しつぶされてしまうと、不条理のなかからありがたいものを受け取って運命とともに育っていくのだという考えかたをするのが難しくなるのかもしれないですね。

言葉の手垢を落として考え直そう

小川　自分が何者であるかという永遠のテーマはそれぞれもっていると思うんで

すけれど、それをうまく表現できない。物質的快楽に満ちた現代社会で、不条理な疑問を解決する手立てを見つけるのは難しいことです。たまたま小説家は、それを表現する場所をいくらでも自分で作れるんですけれど。

五木　昔は生きていることで精一杯だったけれど、いまはみんななんとか生きていける時代です。そこで、いま物理的に生活することだけじゃなくて、精神的にどう生きるかということがみんなのテーマになってきたんだと思いますよ。かつては抽象的、観念的といわれていたテーマを、いまはごく普通のサラリーマンや高校生とか、そういう人たちが自分たちの問題として考えはじめているらしい、漠然とではありますけど。ある宗教の人から入信を勧誘された、そのとき自分はどう反応するかということは大問題ですね。自分の親しい友達がそこに入っていて、あなたも聞きに来ないかと言われたら、どうするか。

だからこそわれわれは、これまで野暮ったいこと、ダサいことと思われていたような問題を、もう一ぺんきちんと真正面から考え直してみる必要があるような気がします。宗教という問題についてもそうですね。

「宗教」という言葉は、ぼくもどうもしっくりこないから、何か違う表現を考えてみてもいいかもしれない。あるいは「生と死」というような問題だとか。「人生」「青春」、そういった言葉に長年こびりついている手垢を一ぺん落として考えてみたらどうだろうか。

ぼくはヴァチカンのシスティーナ礼拝堂の修復の現場を見たことがあるんですね。ミケランジェロが描いた「天地創造」の天井画があるでしょ。あれに櫓を組んで、長い年月をかけて修復をしているわけですよ。コンピューターで透視しながら、計算しつつ、マエストロたちがハケで少しずつ煤を落とすという作業を手仕事でやっているんです。面白いのは、それまで美術評論家がどうもアラブ系の黒人の少年らしいと言っていたのが、そうした修復作業によって煤を落としたらバラ色の白人の天使だった。長い年月の間に煤けてしまって、黒い肌だと思われていたのが、煤を落としてみたらみずみずしいバラ色のエンジェルだったというわけです。

つまり、ひとつのものを、概念的に見ていてはだめなんです。「人間」という言葉も「恋愛」という言葉も「愛情」という言葉も「友情」という言葉も、みんなどうしようもないくらい通俗化されて汚れていますが、その殻を打ち破って、そのなかから本来の姿をつかみ出してみようじゃないか。それが作家の仕事だろうという気がしてしかたがありません。

ぼくはかねがね、ガイドとか案内とかいった言葉に心ひかれるところがありました。また、批評より解説ですね。案内者、ガイドというのはすごく大事な仕事だと考えているからです。ガイドブックってあるでしょう。ぼくは昔、ガイドブックを書こうとして一生懸命努力したけれどうまく書けないことがあった。ガイドブックというのは、そのときそのときのガソリンスタンドの値段からレストランの位置まで正確に情報を入れなきゃいけないけれど、それだけではだめなんです。そのなかに読者への共感というものが入っている必要がある。だからクールな批評ができるだけではガイドはつとまらないんです。批評家であり同時にコンダクターであり、司祭であり、読む人に旅の喜びを倍増させるような人間の知性というものにあふれた優しさがなければいけない。サービス・アンド・サクリファイス（奉仕と犠牲）の心が。

ネパールで登山隊をサポートしてくれるプロのガイドたちは、おそらくいろいろな状況判断をしているはずです。体力とかのほかに、チョモランマならチョモランマという山に対するものすごい信仰心と深い愛情をもっていて、さらに生きる哲学ももっていなければ、いいシェルパといえないと思う。そういう名ガイドたちがサポートしてこそ、歴史に名を残すような登山家たちが冒険に成功しているわけですから。

美術のガイドもそうです。絵に言葉なんか必要ないじゃないかと思うかもしれないけれど、やっぱりいい解説に出会うとその絵がいっそうよく見えてくる。

小川　そこのところが物語なんですね。観光ガイドブックでも、読んだときに情報の後ろ側に隠れた物語がわき出てくるような一行、言葉が存在していなければならないんでしょうね。

五木　ぼくは、ある意味では小説家というのは人生のガイドだと思っているんですよ。「チチェローネ」という言葉がありますね。水先案内人。イタリア語だからカッコよく聞こえるけれど、要するにガイドのことです。哲学者というのは思想のガイドだと思う。そういうふうな言葉を使っていくと、「ガイド」という言葉が変わって見えてくるでしょう。

ぼくのずっと書きつづけている『青春の門』という本も、最初に、いちばん俗っぽい手垢にまみれた言葉は何だろうと考えて、そこでこの題名をつけてみたんです。「青春」という言葉は、もともとは青春・朱夏・白秋・玄冬――の一セットでしょう。青春の向こうには玄冬が透けて見えている。その遠近法のなかに四つの言葉が対句(ついく)としてある。そう考えると、青春はあっという間に過ぎ去って、やがて人間は玄冬を歩んでいく。そういう重いものを青春のなかに感じることができるんですね。ところが、その「青春」だけをつまみ食いして適当に使うから、薄っぺらな、鼻持ちならない、甘ったるい言葉に聞こえるのです。だからそういう手垢を落として考えてみる必要があるのではないか。『生きるヒント』の「ヒント」という言葉だってそう。

小川　「青春」も「ヒント」も、そして「案内」も、その言葉本来の意味を五木さんの著作物によって知ることができたということですね。

人生のガイドは作家の仕事

五木　自分でそういうことを言うとおこがましいですけれど、使い古されている言葉を引っぱり出すということは、作家にとっての本質的な冒険なんです。一見アバンギャルドな実験をやる以上にね。誤解されたりバカにされたりすることを恐れずに、船底についたカキ殻やら藻といったものをガツンガツンと剝がすように、これまでその言葉のまわりにいっぱいついてきた手垢を落として、そのなかにある本当の言葉のきらめきというものをつかみ出す――これは作家としての大事な冒険だと思っているのですが。

小川　石原慎太郎東京都知事が「三国人」発言問題で記者会見を開いたとき、辞書を持ち出して「こう書いてあるじゃないか」って言いましたね。文学者でありながら、辞書に書かれた字面の意味に自分の許しを求めてしまっているところに、私は違和感を覚えました。そこに書かれていない意味を表現するのが作家の仕事で、それをやってきたんじゃないのかって思ったんです。石原さんはジャーナリストを黙らせるためにはそれがいちばんいいと考えたのかもしれないですけれど。

五木　作家は辞書を超えなきゃだめでしょう。たとえば、ぼくは「暗愁（あんしゅう）」という言葉をよく使うんですが、辞書を引きますと「暗い、心を押しつけるような感情」と書いてある。しかし「暗愁」の「暗」は「暗い」ではないんです。「暗香」が暗い香りではないように。「暗香」の「暗」は「いずこよりともなく、これという理由もないのに」という意味なんです。暗いなかでどこからか梅の花の香りがする。あたりを見回すが、その梅の花は見えない。でも、もうこういう季節になったんだなと思う。

ですから「暗愁」は、吉川幸次郎さんに言わせると、「その理由もわからず、どこからそれがやってきたかもわからない不思議な物思い」と解するべきだそうです。辞書の意味とはずいぶん違うでしょう。そういう意味では、辞書を超えていくのが作家の冒険かもしれない。

小川　作家も案内人の役割を果たさなければいけないとおっしゃいましたが、ついこの間、フランス人の作家パトリック・モディアノの本『1941年。パリの尋ね人』を読んでいましたら、それはナチス占領下のパリで行方不明になった、無名のユダヤ人少女の足跡を探し求めてゆく作品なのですが、その前書きに「結局、文学というのは名もない人たちを死者の国に探しに行くことだ」という意味の文章がありました。

つまり「案内」とは、読者を現実と非現実、現世とあの世、こちらとあちら、二つの世界を自由に行き来させること、その導きを作家がしていくことなんだなあと、いまピンときました。

五木 ぼくは『青い鳥のゆくえ』のなかでもそう書いているけれど、『青い鳥』の子供たちは思い出の国とか、死んだおばあちゃんとか、いろいろな人たちに出会うために旅をしますね。あれがやはり文芸の基本のかたちです。いまは小説家の役割とか、そういうものがものすごく大きくなってきているんじゃないでしょうか。

小川 なのに本が読まれない。

五木　なにか、小説家が小説家の仕事を自分から小さくしているような気がするんですよ。いまみずから死を選ぶ人たちが何万といる。そして、死を選んだ人びとを自分の記憶から消せずに、そのなかで大きく傷ついた人たちが何百万といる。その現実を前にして、小説家がそれを放っておくわけにはいかないでしょう。その人たちの心に何かを訴えかけようとするような仕事は小説家がするべき次元の仕事でない、宗教家に任せておけばいいというのは、間違いだと思いますね。最近、子供たちがなぜあんな犯罪を犯すかという解説をするときに、いつも精神分析や心理学者の人が出てきますね。でも、それは小説家の仕事でもあると思う。脳死の問題について、もしも徹底的な審議というか国民的論議をするとしたら、作家や詩人は絶対に入っていかないといけないですね。

小川　本来物語がもっているはずの寛大さを、作家自身が狭めてはいけないと……。

五木　人間の生と死にかかわることは全部、作家の仕事でしょう。どんなに範囲が広くても。

小川　そうですね。私が若いころに得た読書体験は、自分と同じ地面の上には立っていない、この紙の世界、自分とひとつ隔てた世界にいる人と声なき会話をするという喜びだったと思うんです。そういう役割を、本は果たしてくれていたと思うんですが、本が、とくに小説が読まれなくなったということは、声なきものと会話する体験が薄まってきているということなのでしょうね。

五木　ほんとにそうだ。ある意味でいうと、いまは携帯電話は文学書の代わりをしているのかもしれない。あれほど誰かと話したい、eメールで会話をしたいという人たちがいるということは、なんらかのかたちで誰かとつながっていたいと彼らが切実に欲しているわけですから。

仮にここに心萎(な)えた状態に陥っている一人の少年なり少女なり、あるいは大人なりがいたとして、小川さんは自分がこれまでにずっと書いてこられた本のなかで、この本を読んでみてくださいと言って一冊差し出すとしたら、どの本にしますか。

小川　うーん、非常に難しい質問ですねえ。自分の本を差し出すというのはやりにくいですね。自分がもしそうなったときに何を読むかということを考えますと……神話みたいなものとか。

五木　いや、自分の書いた本を差し出すことは難しいけれど、どうしてもそれをやらなきゃいけないとしたら？（笑）

小川　それをやるために書いているはずなんですよね。でも、心萎えている人がいま目の前にいるのと、読者という目に見えないものとしてあるのと、またちょっと状況が違いますね。

五木　ぼくも自分の一冊でどれか、と言われるとそれは難しい。だけど、そこで照れたり逡巡(しゅんじゅん)したりしてはいけないんじゃないかなという気がしていますけど。

小川　西洋人には聖書がありますから、それは非常に強みですよね。聖書に免罪符を求めることができますから。

五木　「昔の人の言葉にこういう言葉がありますよ」とか「バイブルにこういう言葉が出てますよ」とか言うことは比較的できるんですよ。

　しかしいま、時代は非常に人間的な時代に入ってきたような気がするんです。

食べて、なんとか雨露をしのぐという次元で、戦後、われわれは生きてきたわけだけれど、それが満たされた後に、カルチャーが必要になった。ところが、歴史をふり返ってみれば、文化を生み出したのは、富の偏在と権力の集中です。法隆寺から桂離宮（かつらりきゅう）からピラミッドから、すべてそうじゃありませんか。農奴（のうど）制のもとに苦しんできた十九世紀のロシアにはあれだけの文学が生まれたが、社会主義経済のもとで年金が保証されたソビエト七十年の歴史のなかからほとんど文学らしい文学が出てこなかったというのは、そこのところがよくあらわれています。そう考えると文化というものは根源的に罪の深いものだと思わざるをえない。人びとの涙と血みたいなものを養分にして育ってくる赤い花だと思うところがあるから、無条件で文化というものをいいものとは思えないところがあるわけで。

小川　きれいな社会がすぐれた芸術を生むとは限らないということですね。

五木　われわれはいま、そういうなかで「生きる」ということをあらためて考え直してみる必要に迫られているんじゃないでしょうか。

小川　本当は、あしたのご飯の心配ではなくて、自分がどう生きたらいいかという問題で悩めることをありがたく思わなくてはいけないんでしょうが、そこまで時代は成熟していないのかもしれません。この一冊は漠然とした集団としての読者ではなく、まさに悩みを抱えた一人一人の人間に対して発せられたメッセージではないでしょうか。

（二〇〇〇年四月二十六日）

単行本あとがき

ぼくの最初の職業はラジオだった。制作プロダクションの新米クリエーターとして、はじめて給料をもらうこととなったのだ。それは、大学をヨコに出て、というのは抹籍になったことだが、その後いまで言うフリーターのような仕事を続けたあと、なんとか小さなラジオ関係の制作会社に拾ってもらったときにはじまる。まだ二十代の前半で、ぼく自身も若かったが、ラジオもまだ若々しい活気にあふれていた時代だったと思う。テレビは若いというよりも、まだ生まれたばかりで、幼なかったと言ったほうが適当かもしれない。

当時、若いリスナーたちのあいだで、〈ラジ関〉と親しみをこめて呼ばれていた新しい放送局がラジオ関東である。この〈ラジ関〉は横浜の野毛山にスタジオのことだろうか。

があり、建物の窓からは横浜の港や海がよく見えた。出入りする客船や貨物船の灯火を見ながら、いつかあの船に乗って外国へ行くんだ、などと夢のように空想しながら、録音テープの編集を徹夜でやっていたのは、あれは二十四、五歳の頃のことだろうか。

その後、取材記者やCM、そして舞台やテレビの仕事をするようになった後も、やはりラジオとの縁は、ほそぼそと続いてきた。

三十代にはいって、ようやく夢が実現した。念願の外国船に乗って横浜から出航したのである。横浜から〈バイカル号〉という船でナホトカへ、そこからシベリア鉄道と飛行機を使ってモスクワ、当時のレニングラード、そしてカレリアの国境をこえて北欧へと、ぼくにとっては忘れることのできない貧乏旅行だった。

やがて小説を書いて暮らすようになった後も、やはりラジオとの縁は続く。ドラマ制作に意欲のあった文化放送では、『戒厳令の夜』をはじめとして、ずいぶんたくさんのラジオ番組を作ってもらっている。ラジオ文芸賞のようなコンクールにも参加して、選考委員をつとめたりもした。

TBSラジオでは当時、抜群に人気のあった『パック・イン・ミュージック』のコーナーで、『風に吹かれて』を九州弁で朗読させてもらっていた時期もある。永六輔さんや中川久美さん、林美雄さんなど、その頃よくスタジオで一緒にお喋りをした仲間だった。

やがてTBSラジオの深夜の番組をやるようになった。『五木寛之の夜』（カネボウ提供）という、すこぶる私的な番組である。「日本でいちばん暗いテーマ曲ではじまる番組」などとからかわれながらも、今年まで足かけ十九年も続いてきたというのは奇蹟のような話だ。たくさんのスタッフや、関係者や、ゲストのかたたちが番組を熱心にサポートしてくれたからこそ、こんなにも長く続いてきたのだろう。

今年にはいって、突然にそれまでとちがう気持ちが、マイクを前に喋っているあいだにわきあがってきた。「いま、ここで、自分の言葉でなにかを語りかけなければ」と強く感じたのだ。そして、しばらくの期間、ほとんどぼくの独り語りのような感じで、たくさん寄せられる読者や、聴取者や、受講者たち（市民大学など）の質問のなかから、ひとつを選んで話し続けた。

それらの内容を整理して手を入れたものに、「スミセイ　ライフミュージアム《生きる》」（住友生命健康財団主催）で語ったものと、『日刊ゲンダイ』連載の「流されゆく日々」の一部を加えて、この一冊の本が生まれることになった。

それぞれの関係者の皆さんにお礼を申し上げるとともに、なによりも読者、聴取者、聴衆のかたがたに感謝しなければならない。

五木寛之

横浜にて

（平成十年十二月）

再刊にあたって

ひさしぶりにこの一冊を読み返して、さまざまな感慨があった。世の中は変わるんだな、という思いと、いや変わらないものは変わらないのだ、というあい反した感想である。

再刊にあたってこころよく対談の収録を許可してくださった小川洋子さんにお礼を申しあげなければならない。装幀の三村淳さん、そして再刊にあたってさまざまな労をとってくれた幻冬舎の石原正康、相馬裕子のお二人にも感謝の言葉を述べたいと思う。このささやかな小冊子が、長い夜を生きる深夜の友の励ましとなりますように。

二〇二一年夏

著者

この作品は一九九八年十二月東京書籍より刊行され、二〇〇〇年六月角川文庫に『人生案内』として収録、二〇〇五年九月に幻冬舎文庫に所収されたものを再編集した新版です。

幻冬舎文庫

●好評既刊
気の発見
五木寛之　対話者 望月 勇（気功家）

「気」とは何か？ ロンドンを拠点に世界中で気功治療を行っている望月勇氏と五木寛之との「気」をめぐる対話。身体の不思議から生命のありかたまで、新時代におくる、気の本質に迫る発見の書。

●好評既刊
元気
五木寛之

元気に生き、元気に死にたい。人間の命を一滴の水にたとえた『大河の一滴』の著者が全力で取りくんだ新たなる生命論。失われた日本人の元気を求めて描く、生の根源に迫る大作。

●好評既刊
僕はこうして作家になった
―デビューのころ―
五木寛之

作家デビュー以前の若き日。さまざまな困難にぶちあたりながらも面白い大人たちや仲間と出会い、運命の大きな流れに導かれてゆく、一人の青年の熱い日々がいきいきと伝わってくる感動の青春記。

●好評既刊
他力
五木寛之

今日までこの自分を支え、生かしてくれたものは何か？ 苦難に満ちた日々を生きる私たちが信じうるものとは？ 法然、親鸞の思想から著者が辿りついた、乱世を生きる100のヒント。

●好評既刊
みみずくの夜メール
五木寛之

ああ人生というのはなんと面倒なんだろう。面倒だとつぶやきながら雑事にまみれた一日が終わる。旅から旅へ、日本中をめぐる日々に書かれた朝日新聞の人気連載、ユーモアあふれる名エッセイ。

〈新版〉夜明けを待ちながら

五木寛之

令和3年7月5日　初版発行

発行人――石原正康
編集人――高部真人
発行所――株式会社幻冬舎
〒151-0051東京都渋谷区千駄ヶ谷4-9-7
電話　03(5411)6222(営業)
　　　03(5411)6211(編集)
振替00120-8-767643
印刷・製本―中央精版印刷株式会社
装丁者――高橋雅之

幻冬舎文庫

ISBN978-4-344-43103-4　C0195　い-5-12

幻冬舎ホームページアドレス　https://www.gentosha.co.jp/
この本に関するご意見・ご感想をメールでお寄せいただく場合は、
comment@gentosha.co.jpまで。